Um prego no coração

*

Natureza Morta

*

Vício

Um prego no coração

*

Natureza Morta

*

Vício

Paulo José Miranda

© Moinhos, 2021.
© Paulo José Miranda e abysmo, 2019.

Edição: Camila Araujo & Nathan Matos
Assistente Editorial: Karol Guerra
Revisão: Ana Kércia Falconeri
Capa: Sergio Ricardo
Projeto Gráfico e Diagramação: Isabela Brandão e Luís Otávio Ferreira

Nesta edição, respeitou-se o texto original.

Dados Internacionais de Catalogação na Publicação (CIP) de acordo com ISBD

M672p
Miranda, Paulo José
Um prego no coração ; Natureza morta ; Vício / Paulo José Miranda. – Belo Horizonte : Moinhos, 2021.
192 p. ; 14cm x 21cm.
ISBN: 978-65-5681-087-4
1. Literatura portuguesa. 2. Romance. I. Título.
2021-3800   CDD 869.41   CDU 821.134.3-31
Elaborado por Vagner Rodolfo da Silva - CRB-8/9410

Todos os direitos desta edição reservados à Editora Moinhos
www.editoramoinhos.com.br
contato@editoramoinhos.com.br
Facebook.com/EditoraMoinhos
Twitter.com/EditoraMoinhos
Instagram.com/EditoraMoinhos

*À Senhora Dona Maria da Assunção Sampaio Martinho,
ao Senhor José Geraldo Marques*

Um prego no coração

Meu querido amigo

Muito me honra e apraz o valor em que me tens. Mas não sei se serei a pessoa indicada para te dirigir a crítica por que tanto anseias.

Nesta hora de grande criatividade, é natural que recorras àquele que sempre te escutou atentamente e com sincera admiração, nestes dois últimos anos, sobretudo porque não existe a sombra de uma intimidade que me obrigue a um erro de juízo.

Também é certo que sou um leitor atento de poesia, há já alguns anos que venho redigindo alguns estudos e, para kantiano convicto que sabes que sou, isto seria suficiente para pronunciar-me acerca do poema que envias. Mas o génio, se o tiveres, só alguém de génio o reconhecerá. Assim, adiante, limitar-me-ei a proferir aquilo que me parece mais relevante e a responder às questões que me colocas.

Quanto à referência a minha irmã, lamento ser portador de tão más notícias, pois ao que parece ela não quer sequer ouvir o teu nome, embora tenha lido os teus poemas, ou devo antes dizer poema?, e tecido alguns comentários, que em momento oportuno tentarei reproduzir. Como vês, não tens razão para temer uma possível falta de frontalidade da minha parte. Reconheço em ti um espírito elevado, para os quais a verdade, ou aquilo por que nestes ela é tomada, assume uma importância mais determinante do que as boas maneiras.

Dizes-me que já vieste a Sintra duas vezes desde que te encontras na quinta de teus pais em Linda-a-Pastora, juntamente com esse outro grande espírito, Ramalho Ortigão. Seria um prazer enorme, que na vossa próxima caminhada pudésseis almoçar aqui em casa. Minha irmã parte dentro de três dias para a Suíça, com minha tia. Como seguramente não regressarão antes de Outubro, não vejo nenhum inconveniente em que me visites. Passaríamos uma tarde sossegada em torno de alguns novos livros recém-enviados de Londres, se é que podemos falar em sossego com tais livros.

Quanto ao teu sublinhado, quase exigência, de uma carta longa, de modo a parecer que me escutas nos meus extensos monólogos pela tarde fora, prometo-te muito esforço para compensar o pouco talento da minha prosa.

Mas, ainda antes de iniciar a "crítica" que me pediste, devo anunciar que vou abster-me de comentar aquilo que sabes bem melhor do que eu, todas as questões relativas à tua prosódia. Estrofes de quatro versos, rima A-B-B-A, sendo o primeiro verso decassilábico e os restantes três dodecassilábicos, *et cætera*. Por outro lado, perdoa-me a perspectiva demasiado filosófica, mas tu próprio pediste profundidade e verdade, que talvez sejam o mesmo. No fundo, estou convicto de que não desejarias o fizesse de outro modo.

O *Sentimento dum Ocidental* agrada-me mais do que tudo o que escreveste até agora, mais ainda do que os outros poemas de que já tinha gostado tanto, *Num Bairro Moderno*, *Em Petiz* e *Cristalizações*. E o meu apreço por ele começa logo pelo título. Não poderia encontrar título que mais me agradasse e que melhor anunciasse a tua poesia, em geral e, em particular, este poema. Por ele, vislumbramos Homero. E os versos que se lhe seguem são versos que enraízam na compreensão desse primeiro poema, que é a *Ilíada*, onde se encerra todo o mistério desta arte de finas areias que é a poesia. Cesário, Homero outra coisa não fez do que cantar a vida dos Gregos? E cantou-a através dos seus hábitos, das suas vestes, suas ferramentas e ódios. Falou da paixão. Mas como falar da paixão, sem objectos? Como falar de um corpo, sem que se perscrute as vestes? Acaso julgarias mal se Homero iniciasse a *Ilíada* com os seguintes versos?

Nas nossas ruas, ao anoitecer,
Há tal soturnidade, há tal melancolia,
Que as sombras, o bulício, o Tejo, a maresia
Despertam-me um desejo absurdo de sofrer.

Lembra-te apenas de trocar o Tejo pelo mar Egeu e facilmente verás Aquiles à porta de sua tenda, de pé, tentando alargar o horizonte de seu coração, após a contenda com Agamémnon e vendo as tropas afastarem-se, ao longe, para combaterem sem ele, que ali fica preso ao som do Egeu e da cólera.

"Nas nossas ruas", escreves. Não escreves que são as sombras, o Tejo, a maresia, as causas de tamanha soturnidade, de demasiada melancolia. É na nossa alma contemporânea que ao anoitecer há tudo isso, de tal modo que para onde quer que se olhe nos olhamos, para onde quer que se olhe só há esta alma: a melancolia, a soturnidade que verso após verso, Cesário, tu nos mostras. E como não há-de tal alma despertar em nós um desejo absurdo de sofrer? Gostava de atentar prolongadamente neste verso magnífico: "Despertam-me um desejo absurdo de sofrer". *Despertam-me* diz-me: cair em si. O poeta cai em sua alma, assim como todo o homem que siga o seu verso. E *desejo absurdo* não é um pleonasmo qualquer, é um pleonasmo que revela a alma. Pois, todo o desejo é contrário à razão, mas a consciência disso dilacera. Então, *sofrer*, com genitivo, engorda ainda mais o pleonasmo. *Desejo absurdo de sofrer* é a vida. Assim, aquilo que a soturnidade e a melancolia lhe despertam é a vida numa alma em final de século. Sei que neste momento te pareço um místico, como muitas vezes me tens chamado. Mas, como em repetidas ocasiões também te tenho dito, não te enganes, Cesário, tens tamanha fé que não crês em Deus, crês num mundo melhor pelo esforço dos homens e que pela poesia podemos começar a lavrá-lo. A poesia quando é grande é caridade. Recordas-te, certamente, daquela passagem de São Paulo na primeira *Carta aos Coríntios*, que te li no ano passado: "Sem caridade nada sou". E caridade não é dar esmola, mas paciência; o bem no coração e a aspiração de verdade. Se entenderes deste modo a filosofia, então, e segundo as tuas palavras, concordarei com o meu epíteto de místico.

"O céu parece baixo e de neblina", continua o poema. Parece, escreves tu. E aquilo que parece não é senão em forma de simulacro, uma imitação que não chega a ser sequer imitação. E não nos ensinou Platão, que é precisamente com este escândalo, perceber que existe aquilo que parece mas não é, que se inicia todo o filosofar? E o céu, que representa no verso este substantivo que parece baixo e de neblina? Será o único céu que resta a estas nossas almas contemporâneas, um simulacro sem horizonte e infecto de gases? "O gás extravasado enjoa-me, perturba;" e o que também perturba é o céu que estas almas já não vêem, que já não vemos. Perturba aquilo que parece um ganho, uma evolução, a nossa marca de civilização.

Respondo-te, hoje, de um modo diferente às tuas eternas dúvidas: entre as *Odes Modernas* de Antero e *O Sentimento dum Ocidental*, prefiro este teu poema. Não é que a poesia de Antero desmereça, pelo contrário, mas se o universo se dividisse em dois, um o universo *clássico*, o outro o universo *romântico*, optaria sem dificuldade pelo primeiro. E sem dúvida que te encontraria aí, como do mesmo modo poderíamos encontrar Antero no outro. E não te deixes enganar pela expressividade desta prosa, talvez mais romântica do que clássica, mas só o grande talento, talvez mesmo só o génio, pode superar uma época, o seu tempo; eu escrevo como posso, não como quero. Estas minhas considerações podem ser de pouca valia, mas são sinceras e não desprovidas de algum conhecimento. És hoje, meu caro Cesário, um dos grandes poetas da nossa língua. E nesta altura, em que o partido republicano resolveu organizar a comemoração do Centenário de Camões, tu, que és o mais revolucionário de todos eles, pespegas-lhes com este colossal poema, que não há melhor forma de elogiar um poeta. E não te incomodes por aqueles que deveriam estar do teu lado te não terem apreciado, deixa-os entregues a essa fraude, A Fome de Camões, que é o que eles merecem. Celebrem com Gomes Leal já não haver Camões, que é a única coisa que a superficialidade poética pode celebrar. Já que não podem ser novos, que chorem os velhos, quando estes não deveriam ser chorados, mas cantados no interior dos corações para que aí se forjassem novas lágrimas, novos risos. Platão chamou cabotinos aos poetas, não concordo mas compreendo e ele não poderia dizer outra coisa por amor da razão. O facto, meu amigo, é que são muito poucos os poetas que não o são. E não será ao redor de *Gomes Leais* que os iremos encontrar.

Estive anteontem com o António de Macedo Papança, ele passou cá por casa e disse-me que também lhe havias escrito. E chegou mesmo a ler uma passagem, espero que nos perdoes, de modo a vincar a injustiça que te cometem: "Uma poesia minha, recente, publicada numa folha bem impressa, limpa, comemorativa de Camões, não obteve um olhar, um sorriso, um desdém, uma observação. Ninguém escreveu, ninguém falou, nem num noticiário, nem numa conversa comigo; ninguém disse bem, ninguém disse mal!". Mas não te atormentes tanto com o não reconhecimento. Preocupa-te, isso sim, com a tua saúde, para que dures muito a escrever poemas destes. Lembro-te o mesmo conselho que há uns anos deste ao António, e que não há muitos meses ele te retribuiu em minha presença, no *Martinho*: "Primeiro do que tudo está a vida; se te sentes doente ou fraco trata de ti e descansa. Ainda estás muito novo e nada te apressa". Que esperavas da nossa Lisboa, do nosso Porto, se tu mesmo dedicas essa obra-prima a um poeta muito inferior a ti: *A Guerra Junqueiro*, escreveste. Sim, meu amigo, inferior. E isto, reconheço, pode ser um entrave ao génio. Compreendo a tua admiração por Junqueiro, pois vês nele um poeta preocupado com as questões sociais. Mas por debaixo de todo o estardalhaço das suas sátiras não lhe encontro nada. *A Morte de D. João* é um poema que em momento algum poderá emparceirar com *O Sentimento dum Ocidental*. Aquele tem tanto de superficial quanto este tem de profundo; tem tanto de demagogia quanto o teu tem de filosófico. O teu poema é um canto, suave como todos os cantos, doce mas triste; o de Junqueiro é uma farra, uma feira. Tenho mesmo dúvidas se as suas preocupações sociais são autênticas ou mero oportunismo. Mas isso não importa aqui. Escuta, meu amigo, dos poetas de hoje só me importam dois: Antero e tu, Cesário. Os meus dois mundos poéticos, que felizmente não preciso apartar, ao invés da imagem anterior.

Quando tu, Cesário, escreves os pobres, não escreves só socialmente, mas muito mais fundo, tu escreves a vida. A tua, a minha, a de minha irmã e também a dos calafates e das varinas. O que escreves, com todo o vigor de um Homero, é que tudo, mas tudo, cansa:

> *Mas tudo cansa! Apagam-se nas frentes*
> *Os candelabros como estrelas, pouco a pouco*

Todo o género de vida cansa, mas talvez ainda canse mais a vida de quem tem o valor da arte, da letra que ensina.

> *E, nas esquinas, calvo, eterno, sem repouso,*
> *Pede-me sempre esmola um homenzinho idoso,*
> *Meu velho professor nas aulas de latim!*

Sim, Cesário, tu também escreves porque não és reconhecido, escreves o que sucede ao valor, a todo o género de valor, por isso não esqueces o teu, nem de quem o ensina. Neste longo poema quaternário, vejo a realidade, toda, diante de uma alma contemporânea. Minha irmã não julga nada disto. Acha que te falta veia, que a tua poesia voa pouco e não diverte. É como te digo, tem Junqueiro que o merece. Mas não ligues à opinião de Luísa, não ligues às mulheres. Só te ajuda na saúde! Não fiques atormentado com as palavras dela. Se ela te merecesse, eu seria o primeiro a estimular o vosso encontro, mas assim, só faria perderes-te. Ela não merece sequer o poema que lhe envias, *Em Petiz*, e que tantos problemas e angústias te causaram com o *Diário Ilustrado* e esse jornalistazinho, que ainda que tivesse um poema dentro dele não o reconheceria, quanto mais um poema que não só está fora dele, como fora do seu tempo. De qualquer modo, esse episódio triste serviu para confirmar o que sempre julguei de ti, contrariamente ao que fazes crer aos outros: não és frio, mas antes um vulcão que trabalha lentamente o seu fogo no interior da terra e que demora a ser activado. Mas se minha irmã não merece nenhum poema teu, tu mereces que por causa dela possa, ao menos, sair-te um poema. Já que não és cristão, sente isso como uma vingança. A vingança de quem consegue criar, sobre todos os outros que sofrem sempre menos do que ele; sê também Grego na vida.

Escreves-me dizendo que houve um tempo em que ela se te dirigia com outras palavras, outros modos, mas não sei se o compreendo bem. Cesário, chega um momento na vida em que já não suportamos mais perder coisas, pessoas; isso torna-se-nos mais importante do que acrescentar outras às que já temos. Mas, infelizmente, as mulheres não são assim, estão sempre dispostas a ganhar novas coisas, novos lugares, novas pessoas, mesmo em detrimento das que já têm. Por isso, não te admires de ter havido um tempo em que Luísa, ela mesmo mo disse, se tenha referido aos teus cabelos loiros e olhos azuis como à sua Inglaterra em Lisboa. A tua elegância, ao entrar pela primeira vez na nossa casa em Lisboa, fato azul, jaquetão, os gestos firmes e decididos, conquistaram-na de imediato. E mesmo mais tarde, na primeira vez que aqui vieste, como ela mesma disse, foi ainda como se Inglaterra entrasse por esta casa adentro. Mas estas impressões, ao acaso, que tinem nas almas incontinentes, também lhes acontecem face à poesia. Atentam apenas na elegância daquilo que mais facilmente se observa, nos efeitos de "bom gosto", que outra coisa não são que ausência de qualquer gosto. Falta de conhecimento, assevero-te, caro Cesário. Aquilo que para os teus detractores, porventura os haverá, não passa de observações pueris, é para mim o mais alto a que a poesia nos pode elevar. Se os teus versos fossem somente descrições, estaríamos diante de uma crónica e não de um poema. Falta de conhecimento, repito. Mas, meu caro Cesário, quem é que hoje lê Homero, A Ilíada? E se lhe retirássemos todas as *descrições*, deixando ficar somente *os versos elevados*, não restaria nada desse grande poema. E, não esqueças, trata-se de um poema que educou um povo, porventura a maior de todas as civilizações, o berço de O Sentimento dum Ocidental. Mas o berço dos nossos homens cultos, hoje, parece ser Walter Scott e Vítor Hugo. Como podem apreciar-te a elegância, se não lhes dás aquilo que tanto desejam, o "bom gosto", que no fundo é apenas a capacidade de esconderem a própria ignorância do que isso seja e do que seja poesia. Estarei a teu lado, no dia em que os dias se sintam preparados para receber-te, ainda que a morte já nos tenha chegado. Os homens não são bestas, apenas demasiado lentos na aprendizagem. E Luísa deslumbrou-se rapidamente por ti, porque em verdade talvez a genialidade não possa passar despercebida. O difícil é suportar a força que ela teima em despertar em nós. A vida defende-se naturalmente de homens como tu, quando digo vida, digo resistência orgânica, sobrevivência. A maioria dos homens não suporta uma prolongada investida do espírito, há que descansar, descansar muito. Este século XIX está de rastos, duas décadas e acabou-se, há que esperar, Cesário.

Mas não penses que não compreendo o teu sofrimento perante a desilusão do amor. Compreendo-o e bem demais, Cesário. Houve um tempo em que amei, em que acedi a essa ilusão, a esse simulacro da realidade. Mas, no fundo, que podemos nós amar, senão a verdade? E em nenhum corpo a encontramos, seguramente em poucos espíritos. A verdade é a nossa alma sedenta de mundo e de Deus, e o amor apenas uma estratégia de esquecimento de tudo isto. Não é que não doa, porque dói! Mas a dor é somente o desencontro entre a alma e o mundo. Por vezes, penso que só os poetas amam verdadeiramente, mais ninguém. E, no entanto, Camões não cantou outra coisa senão a impossibilidade do amor. Impossibilidade, porque o instante não persiste, porque no mundo tudo é mudança e uma alma anseia apenas por permanência.

Esquece o amor, esquece as mulheres, concentra-te no teu trabalho, nos teus poemas. Aquilo a que o comum dos homens chama amor não passa de um contrato de medo firmado com o outro, por intermédio da solidão. E a solidão no poeta leva-o para muito mais longe do que um outro, leva-o para a realidade, a mais pertinente das evidências.

A Luísa merece um Junqueiro, não um Cesário. Aqueles que se divertem, que se esqueçam uns nos outros, é o que te digo e aconselho, amigo. Que o Junqueiro continue a escrever as suas *farras* para uma Luísa, e que a Luísa continue a aspirar por um Junqueiro, ou pior, porque também os há. A ti, aconselho-te a perseguir a tua própria alma, a tua própria dor, e a regozijares-te nela, porque é a maior de todas as alegrias. Não acredites na felicidade, meu amigo, ela só foi inventada para desculpar as mediocridades de talento e perseverança. A felicidade é um casamento de conveniência, numa casa de "boas maneiras" onde se lê Walter Scott e se suspira por aventura. Tudo corre *perfeito* porque se esqueceu a vida. Os Gregos foram mais exigentes com essa palavra, mas vê aonde os conduziu, à contemplação e ao bom senso, o meio termo ou a justa medida, como escreveu Aristóteles. Um poeta não se deixa enganar, meu caro. Ele exige a *natureza*. Não a felicidade, mas a natureza. Não o bom senso, mas a genialidade. E admiras-te que se não tenham referido ao teu poema! Por vezes, julgo que o mais genial dos poetas tem necessidade de se enganar, como se os seus poemas só pudessem vir à página na directa proporção do engano conseguido na vida. É um falso engano, mas necessário para fertilizar.

Minha irmã anseia pela felicidade, minha antiga amada anseia pelo mesmo. Mas julgas que se as interrogarmos acerca disso elas nos poderão responder? Pois enganas-te se assim pensas. Quanto à natureza, pôr-se-ão a falar das camélias, dos plátanos, da força misteriosa da Primavera, dos campos verdejantes da Irlanda, das impressionantes montanhas geladas da Suíça, de um cruzeiro pelo Nilo e coisas do género. Para elas, a natureza é o folclore da vista. E julgas que se as interrogarmos acerca de religião, de Deus, de caridade, elas nos saberão responder? Julgas haver bondade em suas almas? Cesário, a única coisa em que pensam é em não se aborrecerem, e é nisto que se traduz nelas a bondade. A caridade, já to disse e escrevi, ainda é mais difícil, requer paciência, verdade, coisas que apenas avisam nos outros, e não de muito perto. E é uma pessoa destas que amas? Esquece o amor, meu caro amigo, concentra-te em ti, na tua alma, no teu amor pela natureza, concentra-te na poesia. A mulher é uma fraqueza da alma, doce porém.

Mas não devo esquecer que escrevo para falar do teu poema. Não obstante, se te digo isto, é para que te não extravies no ilusório caminho dos *formalistas*, te não ponhas a bradar versos ingénuos e a desejar quimeras como João de Lemos: "um peito que entenda o meu". Antes "um desejo absurdo de sofrer", caro Cesário. Como muito bem sabes, a religião para mim é apenas uma investigação. Não renego a Deus, mas às teorias. Mas ainda mais facilmente renego a um coração que entenda o meu. E o amor à morte, tão em voga, é algo que não compreendo. O teu poema, se outro mérito não tivesse, teria este: mostrar que a morte anda connosco pelas ruas, pelas casas; a morte é o absurdo que desperta em nossos corações, ao tentarmos entender a vida.

A Dor humana busca os amplos horizontes,
E tem marés, de fel, como um sinistro mar!

Como se pode amar tal coisa, senão por superficialidade ou ignorância? E isto, caro amigo, tu nos mostras. E, enquanto tantos outros se entregam a um terror barato, tu escreves que o único terror é o não sentido das coisas, o não sentido da vida.

À vista das prisões, da velha Sé, das cruzes,
Chora-me o coração que se enche e que se abisma.

Leste, porventura, o já célebre artigo de Antero na *Revolução de Setembro*, acerca da poesia contemporânea: "A poesia deixa de duvidar e de cismar, para afirmar e combater; mostra-nos o interesse profundo e o valor ideal dos factos de cada dia; dá às acções, que parecem triviais, da vida ordinária, um carácter e significados universais". Mas isto que ele proclama, não o fez, nem ele nem ninguém na nossa língua, senão tu, Cesário. Antero, por mais que se tenha esforçado, nunca abandonou poeticamente o romantismo. E sabes porquê? Porque ele sempre esteve acima dos românticos. Antero é Antero. Provavelmente o maior poeta da nossa língua, depois de Camões. E agora tu surges como sendo a grande visão de Antero. Aquilo que Antero previu em 71, leva-lo tu a cabo em 80. Foram precisos quase dez anos para que se materializasse a visão do grande poeta Antero e, contudo, agora já ele não consegue ver.

Também tu não vês como se pode sangrar até à imobilidade do espírito, por uma mulher. E preferível que chores por dentro, desejes o impossível, permaneças nos poemas. Lava com versos a tristeza que te habita a alma. Não te salva, mas também não te perde. Dizes-me na tua carta, que nada é mais triste do que um verso mas, asseguro-te, querer escrevê-lo e não poder ainda é mais. Estas são as nossas duas tristezas, as nossas vidas. E não desejes outra, não só já é tarde para isso como também nenhuma outra vida podia fazer esqueceres-te de ti. Vê o resultado da tua actividade comercial! Esse teu engano, essa tua distracção, que usas como desculpa para *ganhar* a vida. Não importa se a ganhas ou se a perdes, importa é compreender que nenhum benefício comercial acalmará a tua ânsia de reconhecimento poético. Posto isto, faz o que quiseres, mas não esqueças nunca que são os poemas que te dão o teu ser. E agradece a Deus, aos deuses, o facto de o mistério da arte fazer de ti casa. Pois, auguro-te a eternidade nos corações dos espíritos futuros.

Do teu tormento nada sei senão o meu, provavelmente será uma sombra do teu, mas mesmo sem saber do que se trata, sem saber se o meu corpo, o meu espírito, suportariam tal prova, arriscava-me a trocar este meu tormento pelo teu. Cesário, o que é uma mulher, por mais bela que seja, diante da eternidade no coração dos homens? Trocarias a eternidade pela Luísa? Só o facto de te pores a pensar, de duvidares, revela o quanto estás doente, meu caro. A realidade, que o poeta que és tão bem conhece, mais cedo ou mais tarde, virá à tona de tua alma. Nesse dia voltarás a ler esta carta que te escrevo e dar-me-ás razão. Razão, sim, porque é disso que se trata, e repara que não digo bom senso, mas razão. A mesma que faz que orientes a tua inspiração tão adequadamente à realidade, que faz que os teus poemas sejam superiores aos dos teus demais contemporâneos. No fundo, hoje, todos desejaríamos ser Cesário, se todos tivéssemos consciência de que aquilo que escreves é aquilo que desejamos escrever. Mas talvez só no futuro possamos reconhecer a voz que queríamos ter tido no passado. Talvez só o génio congregue a consciência de todos os tempos no seu momento presente, no seu poema. Mas esta razão a que deves tanto, e à qual continuamente teimas em virar as costas, nunca te abandonará, hoje estou convicto disso, mais facilmente te abandonará a vida. No fundo, ser-se poeta talvez seja lutar contra a razão como contra um pai protector do qual não nos conseguimos libertar.

Mas não julgues que o amor ao saber não seja uma perdição, porque é. E talvez em mim haja dois seres perdidos: um que busca o saber e outro que chora os versos que não vêm. Não escrevo isto para teu conforto, como deves calcular. A miséria dos outros não nos conforta em nada, pois o egoísmo é umaforça imensa em nós e não seria contrariada por tão pouco. Escrevo-te isto apenas porque se trata de uma experiência que não podes ter, tu que tanto amas a experiência, aliás como toda esta nossa época. E só um grande poeta pode compreender este abismo, esta inviabilidade de aceder ao que te descrevo. Debate-te com isto, meu bom amigo, porque quanto maior a inviabilidade daquilo que se constata, maior a profundidade de desconhecido que um espírito pode alcançar, quando é grande. Também não te iludas com a possibilidade de encontrar uma outra mulher. Tu mesmo o escreveste: "Tiago, meu bom amigo, começo a aceitar que talvez Luísa não seja para mim, mas uma outra virá, só espero que não tarde muito, pois a minha saúde pode já não permiti-lo". Nenhuma mulher, Cesário, corresponderá àquilo que dela esperas, porque nenhuma poderá corresponder ao amor, tal como tu lhe correspondes. Para amar é preciso ser-se grande, talvez mesmo ser-se poeta, todos os demais se iludem nas sombras. E não julgues que com os homens será diferente! Destes, tens a temer a inveja. Confiar o espírito a alguém que o não tem é estultícia, mas confiá-lo a quem o possui apenas na proporção de entrever a grandiosidade de outrem é começar uma guerra.

Reconheço que o isolamento espiritual a que estás votado, tanto no seio de tua família quanto nas actividades comerciais desta, de que também fazes parte, te impulsionem apressadamente para companhias menos recomendáveis a um espírito como o teu. Ou, talvez, precisamente um espírito como o teu necessite de uma boa parte de mundanidade, para que possa em outros momentos produzir um poema como O Sentimento dum Ocidental. De facto, erudição e até mesmo cultura, podemos encontrá-las em grau mais elevado noutros conterrâneosda Lisboa de hoje, talvez não em muitos mas encontramo-las. Difícil, impossível, será encontrarmos um poema da envergadura do teu. Assim, talvez aquilo que serve para julgarmos os demais não sirva de medida para te julgar a ti. E se não podemos julgar-te, como podemos conhecer-te? Como poderia um homem como tu desejar um coração que o entenda? Por outro lado, só um homem como tu pode compreender verdadeiramente a falha de entendimento entre os corações.

Concordo contigo, Cesário, e acedo ao pedido que me tornas a fazer, desta vez por escrito, pois já é tempo de saberes como tudo aconteceu. Vi pela primeira vez Marie de Saint-Loup em Viena, em casa do professor e filósofo Franz Brentano. Já te disse que foi o espírito mais agudo com que me cruzei, assisti-lhe a algumas aulas na Universidade de Viena e li a sua obra-prima, que data de 74, *Psicologia do Ponto de Vista Empírico*. É pena que os nossos homens de cultura, exceptuando um ou dois, se não atrevam com o alemão, porque a língua alemã está a produzir do que melhor se pensa e escreve na Europa. Mas continuamos cegos de francês, com um ou outro vislumbre de inglês.

Em 76, dois anos antes de te conhecer, Cesário, teria o professor trinta e sete ou trinta e oito anos, eu tinha vinte e nove e Marie era uma jovem de vinte anos. Frequentámos um semestre com o professor. Em Viena, embora raro, já encontramos algumas mulheres na Universidade, em Lisboa seria um escândalo, não só para os homens mas principalmente para as mulheres. Ao todo, éramos cinco alunos, eu era o mais velho e o único doutorado, ela a única mulher. Apesar do nome, Marie é vienense. Raramente falámos das nossas ascendências, pelo que não posso informar-te qual a origem do nome, conversámos somente acerca das aulas do professor. Tenho de confessar que jamais pensei encontrar uma mulher assim, e certamente não vou encontrar mais nenhuma.

Se hoje te conto isto, é porque julgo que a experiência recente que tiveste com Luísa te torna apto a compreender mais do que as palavras que se seguem. Socialmente só nos conhecemos em casa do filho do conde de Raczynski, esse amante das artes portuguesas e grande amigo de meu tio João António de Lemos Pereira de Lacerda, o visconde de Juromenha. Conhecêramo-nos em casa de meu tio há uns anos, quando ele aqui havia estado com seu filho por motivos de saúde e, como o conde o tinha em grande estima e lhe devia muito pelas inúmeras e preciosas informações que meu tio lhe concedeu acerca das artes em Portugal, o filho do conde, sabendo da minha estada em Viena, quando ele próprio aí passava uma temporada, e desejando recompensar minimamente, não só os apontamentos mas a estada em Sintra, convidou-me para um serão em sua casa. Foi uma reunião íntima, não estavam mais de vinte pessoas, e entre elas Marie e seu pai, o Exmo. Sr. de Saint-Loup. Também, nesse serão, viria a conhecer o ex-diplomata Agostinho d'Ornellas, morgado do Caniço, com o qual mantenho até hoje uma correspondência periódica, acerca do grande poema de Goethe, *Fausto*, e dos problemas da sua tradução, que ele teve a coragem de levar a cabo, e com os resultados que todos lhe reconhecemos. Aliás, os livros que recebi de Londres, dos quais te falei no início desta carta, foram-me gentilmente enviados por ele. E, caso me dês permissão, Cesário, gostaria de retribuir a gentileza ao morgado, enviando-lhe este teu magnífico *O Sentimento dum Ocidental*. Alva como a morte, frágil como a vida, bela como Helena. Quando a vi em casa doconde, o primeiro impulso que tive foi beijá-la, depois fugir, mas já era tarde. Marie de Saint-Loup viria a ser o meu inferno.

Pudesse eu ser do mesmo género cínico que o filho do conde de Raczynski e nem o início do meu encantamento por Marie teria existido, nem teria tido os problemas que mais tarde vim a ter. Nada consegue sentir pelas mulheres, contou-me, mas sente cada vez mais prazer em deitar-se com elas. Pois, elas não passam de uma espécie de microscópio que lhe permite ver melhor o seu próprio prazer. Por vezes estou na cama com alguém, contou-me, e sinto um misto de prazer carnal e de prazer intelectual, o prazer que sinto nesse corpo e o prazer da recordação que me assalta, pelo trabalho executado nesse dia; e são muitas as vezes em que no auge das descobertas e dos avanços que consigo, sinto uma necessidade implacável de sair e deitar me com alguém, como se só desse modo unificasse o meu entusiasmo com o mundo. Através do seu corpo, a mulher permitia-lhe que por momentos as suas ideias e o mundo se unificassem num todo indissociável. E, como toda a mulher só lhe interessava enquanto prostituta, via também nesse seu acto um processo de evangelização, como se levasse a palavra e o pão a quem mais deles precisava.

Eu, pelo contrário, precisava cada vez mais da estabilidade que Marie, por esses dias, me dava. Ter o mundo de fora arrumado para desarrumá-lo ou compreender essa inevitabilidade por dentro. Percebera a necessidade de ter algo seguro fora de mim, saber que se tudo se desmoronasse existia ainda alguma coisa que permanecia. Em Viena convenci-me de que, mais do que tudo, dependia da segurança afectiva, e só depois de esta estar resolvida podia realmente pensar. De outro modo seria impossível. Ainda hoje julgo não me ter enganado completamente, embora estivesse longe da verdade. Mas, se em tudo o resto era diferente de mim, partilhava com ele uma meia noção de incompreensibilidade que atribuía ao romance. O filho do conde afirmava que a inteligência não pode pactuar com esse desencontro entre a contemporaneidade da acção que se desenrola e o tormento da vivência interior das personagens; que a exposição desta luta interna deve permanecer reservada. Importa-lhe apenas a parte interna desse confronto, não os seus contornos. Como se o tempo fosse à revelia do espaço. Para ele, o aforismo representa a própria falta de coerência de estar vivo, enquanto o romance tenta ainda ser o ídolo da razão. Não podia pensar, assim, completamente com ele. Ao contrário do que julga, toda a relação estética produz ídolos. Aliás, estes são necessidades estéticas. E um ídolo é a expressão máxima da incoerência, que o romance não teme assumir, pelo contrário, sob o mais prosaico dos acontecimentos, o mais fútil dos diálogos anseia por uma luz imortal. É o romance que expõe a angústia da criação, não o poema.

Aquilo que condeno no romance é que o espaço se possa sobrepor ao tempo; ou há equilíbrio ou dá-se a primazia ao segundo, nunca o contrário. Ele julgou haver nisto contradição com o meu juízo acerca da poesia, mas não, Cesário. O poema expõe, como nenhuma outra arte, a angústia da existência, não a da criação. E se no poema os atributos do exterior, que encontramos nos teus poemas, por exemplo, são fundamentais, é somente na medida em que se tornam mandatários dos atributos internos; enquanto no romance a exposição dos atributos exteriores funciona quase sempre como processo de distracção face aos atributos internos. Se, na arte, o tempo não pode existir à revelia do espaço, não deve estar subsumido neste, mas o contrário, à falta de equilíbrio. É esta a razão pela qual não posso responder-te acerca de Eça de Queirós, de quem parece gostares tanto. Não seria um verdadeiro juízo. Adianto-te apenas que entre as *Notas Marginais* escritas na *Gazeta de Portugal* e *O Primo Basílio*, prefiro sem dúvida o último. Mas, repito, não se trata de um juízo, apenas uma afectação.

Mas, Cesário, do mesmo modo que o conhecimento não é para qualquer um, também o amor não o é. Não obstante, não creio verdadeiramente que ele seja só para poetas, embora o amor não seja fácil. Pelo contrário, é talvez dos empreendimentos mais difíceis a que um ser humano se pode dedicar. E, como tudo o que requer dedicação, mais difícil se torna encontrá-lo numa mulher. Meu caro amigo, entende que quando digo amor, digo permanência no objecto que nos desperta paixão. Não importa aqui qual o mais elevado grau a que o amor pode aspirar, se a um corpo belo, a uma alma bela ou às belas ideias, como escreveu Platão. Marie apaixonou-se por mim e eu por ela. Aquilo que é comum entre as demais pessoas, ligarem-se a uma outra, seja por solidão ou necessidade de estabilidade emocional ou apenas desejo de satisfação sexual, cedo vislumbrei que em nós não existia sequer resquícios disso. (A minha dependência emocional só veio depois.) Estávamos apaixonados pela impossibilidade de amor que carregávamos em nossos corações. À parte isso, ela prometia-me todo o amor do mundo e a convicção de que havia de me ver partir, não de Viena mas do seu coração. Pelo contrário, não foram precisos muitos meses para que ela se desapaixonasse por completo daquele que, segundo ela, era o amor da sua vida. Compreendo perfeitamente que estejas a perguntar pelo que se terá passado, para que tal sucedesse em tão pouco tempo. Teria em tão pouca conta a sua vida ou conhecer-se-ia tão pouco? Não se trata de nada disso, meu bom amigo! As pessoas exigem muito pouco do espírito, mesmo quando se julgam demasiado grandes. Não gostava de Baudelaire, dizia, há palavras e expressões que não devem entrar num poema. Fosse eu um grande poeta, como tu, Cesário, e para lhe agradar teria de escrever poemas com "boas maneiras", teria de ser burguês. O amor dela por mim era o amor dela por si, sentia o espírito lisonjeado pela atenção e pelo amor que o meu lhe dedicava. No fundo, as mulheres não gostam dos homens, utilizam-se deles para gostarem de si mesmas. Disse-me, a culpa de ter deixado de te amar é tua. E, Cesário, sabes o que quer isto dizer na boca de uma mulher? Que não deixei suficientemente de ser eu mesmo diante dela. A mulher não deseja o amor de um homem, mas devorar-lhe o ser. Não lhes basta que tenhamos espírito, querem comandá-lo. E para isso é necessário que não vejamos outra coisa senão o seu próprio interesse, aquilo que as faz felizes. Porque não as faz felizes sermos nós mesmos, assumirmos o nosso espírito diante delas, se é que se trata aqui de felicidade. Não há nada que destroce mais o coração de uma mulher do que ser constantemente confrontada com a sua ausência de espírito, com o espírito de um homem, confrontada com a sua contínua necessidade de diversão que não encontra eco no coração deste. Porque alguém de espírito reconhece que não há diversão, mas somente capacidade de sentir prazer. E a diversão, como muito bem sabes, não é prazer mas o esquecimento dele. Todo o prazer na mulher é diversão, por isso não consegue senti-lo inteiramente no espírito. E o pior é quando suspeita disso, como era o caso de Marie. O mais elevado espírito na mulher é somente uma suspeita, Cesário, ela entrevê aquilo que talvez no fundo deseje, mas não o consegue senão por breves momentos. Mas ainda pior do que isto é que mesmo sabendo de tudo o que te descrevo, não consegui evitar apaixonar-me. É certo que, num espírito elevado, raramente a paixão se transforma em amor, é sempre o contrário que sucede. E eu comecei por amar Marie. Porquê? Tenho feito esta pergunta a mim mesmo vezes sem conta! Talvez que as aulas do professor Brentano, sem que ele o soubesse, tenham ajudado. Disse-te e confesso-to agora, que aquilo que mais desejava era ser um grande poeta. De que me adianta saber tudo aquilo que sei, se tudo o que escrevo vem dar apenas a mim. Tu, Cesário, sabes apenas francês, inglês, um pouco de latim, quase nada dos grandes filósofos e escrever aquilo que eu gostaria de escrever: uma alma no século XIX. E escreves, precisamente, nesta nossa época, que ainda não é verdadeiramente uma época, mas a ressaca do romantismo.

Julgo que comecei a amar Marie porque julgava não a conhecer. É sempre assim que começa o amor, olhamos o outro como um ser diferente, desconhecido. Mas conhecemo-nos todos e muito bem, e é por isso que o amor raramente resulta. O amor termina, ou aquilo que julgávamos ser amor, quando percebemos que o outro afinal não é nada diferente, mas apenas um outro. É muito difícil falar-te disto, Cesário. Tu que nunca escreves acerca do amor, mas do desejo dele! Dizes da mulher que vês, da mulher que passa, daquela que por acaso conheces, como minha irmã, mas do amor, nada. E, provavelmente sem que o saibas, é isso que te salva. De quê? De perderes o teu tempo, a tua vida. Há sempre formas mais preciosas de um poeta perder a vida, na poesia, por exemplo. Desespera saber que não devíamos amá-las e não poder evitá-lo. Tu, pelo contrário, ama-las como todos deveríamos amá-las, ama-las a ti. Talvez os grandes poetas sejam os únicos sábios do mundo, Cesário. No início julgava não conhecer Marie e, no entanto, era apenas um desejo forte de não me querer conhecer a mim mesmo. Olhava para ela e queria ver-me, Cesário, como a alguém ainda por descobrir. Queria conhecer-me de novo. Em tão pouco tempo ninguém pode amar senão a si mesmo.

Pareço-te amargo, injusto, que talvez não haja um género feminino, assim como também não há um género masculino, mas há, Cesário. As mulheres e os homens e as suas diferenças não mudaram muito, quase nada ou mesmo nada, desde Helena. Aquilo que muda é somente a organização social, o colectivo. Iludimo-nos com as descobertas da ciência e julgamos que, pelo facto de muito provavelmente hoje derrotarmos com facilidade os Gregos numa batalha, lhes somos muito superiores. Mas a causa da guerra de Tróia continua em nossos corações, Cesário. Haverá sempre um Menelau, uma Helena, um Páris; uma Clitemnestra que afogue a raiva contra o marido, pelo sacrifício de uma filha, nos braços do assassino de seu sogro, um Agamémnon que encontre a paz ambicionada no coração de uma profetisa amaldiçoada por um deus apaixonado; uma Penélope e um Ulisses. Haverá sempre um homem e uma mulher; uma incompreensão, um engano, uma esperança.

Triste cidade! Eu temo que me avives
Uma paixão defunta! Aos lampiões distantes,
Enlutam-me, alvejando, as tuas elegantes,
Curvadas a sorrir às montras dos ourives.

Estes teus versos descrevem os olhos do moribundo que fiquei depois do amor. E tanto pode ser Paris quanto Lisboa, não precisa ser Viena. Só em Sintra consigo viver com alguma paz, e não é por ser a casa onde nasci, onde cresci, a casa que viu morrer meus bisavós, meus avós, minha mãe ao dar à luz Luísa, quando eu tinha apenas doze anos, a casa onde vi meu pai enlouquecer cinco anos depois, a casa onde cuidei de uma irmã. Em Sintra estou a salvo do meu amor por Marie, porque Sintra é de outros séculos, Cesário. Aqui, nem tu despertarias para este final de século, talvez pudesses vir a ser do mesmo modo um grande poeta, mas jamais serias tentado a descrever uma alma contemporânea. Sim, é ironia, Cesário, eu, que não suporto o romantismo, não só teria de nascer e viver, mas vir a ser salvo do amor precisamente neste coração do romantismo, na Sintra do século XIX. Mas Sintra não é romântica, como querem que ela seja. Mais facilmente acedo à mentira em que o visconde acredita, de Camões lendo, aqui atrás no Paço, pela primeira vez *Os Lusíadas* a D. Sebastião, do que à verdade dos poemas de Byron a nascerem junto à Quinta dos Pisões. Actualmente, são raras as vezes que saio de casa, mas assim que entro em Lisboa não posso deixar de pensar em ti e nos teus poemas. Lisboa és tu, homem! E a tristeza que as grandes cidades sempre despertam em meu espírito, acaba por transformar-se em outra coisa com a recordação dos teus poemas, em algo que me não acalma, mas que me revigora. Com os teus versos enfureço-me na justa medida de suportar a vida. E não julgues, meu caro, que quando digo teus versos, apenas me refiro aos do poema *O Sentimento dum Ocidental*, posso asseverar-te que o soneto *Manias!* foi durante muito tempo o meu único remédio. Erguia-me de manhã, por esses dias acordava mais tarde já o sol se via pela janela do quarto, e no contraste com a beleza do jardim cantava com um sorriso de desdém as duas quadras do soneto:

> *O mundo é velha cena ensanguentada,*
> *Coberta de remendos, picaresca;*
> *A vida é chula farsa assobiada,*
> *ou selvagem tragédia romanesca.*
>
> *Eu sei um bom rapaz, — hoje uma ossada, —*
> *Que amava certa dama pedantesca,*
> *Perversíssima, esquálida e chagada,*
> *Mas cheia de jactância quixotesca.*

Não continuava tercetos abaixo, não por desequilíbrio qualitativo do soneto, mas por teimosia de alma atormentada. Até porque os tercetos são a alma do soneto:

Aos domingos a deia já rugosa,
Concedia-lhe o braço, com preguiça,
E o dengue, em atitude receosa,

Na sujeição canina mais submissa,
Levava na tremente mão nervosa,
O livro com que a amante ia ouvir missa!

É um soneto magnífico, Cesário. Mas aquilo que é alma do soneto, contrariava, por esses dias, a minha. Então, ficava-me por essa dose diária e matinal de duas quadras de *Manias!* No fundo, vistas bem de perto, por dentro, todas as mulheres são ideias rugosas, e todos os homens que lhes concedem o braço, dengues. Sei que no mais fundo de ti, nos teus poemas, concordas comigo, Cesário. Se queres uma descrição pormenorizada de Marie, relê algumas das quadras do teu *Deslumbramentos:*

Milady, é perigoso contemplá-la,
Quando passa aromática e normal,
Com seu tipo tão nobre e tão de sala,
Com seus gestos de neve e de metal.

(...)

Em si tudo me atrai como um tesoiro:
O seu ar pensativo e senhoril,
A sua voz que tem um timbre de oiro
E o seu nevado e lúcido perfil!

(...)

Eu ontem encontrei-a, quando vinha,
Británica, e fazendo-se assombrar;
Grande dama fatal, sempre sozinha,
E com firmeza e música no andar!

O seu olhar possui, num jogo ardente.
Um arcanjo e um demónio a iluminá-lo;
Como um florete, fere agudamente,
E afaga com o pêlo de um regalo!

Pois bem. Conserve o gelo por esposo,
E mostre, se eu beijar-lhe as brancas mãos,
O modo diplomático e orgulhoso
Que Ana de Áustria mostrava aos cortesãos.

(...)

Espero não estar a cometer nenhuma inconfidência, mas o António disse-me que não fazias questão de ter publicado este poema no *Mosaico*, achava-lo "demasiado maricas", disseste, para vir a lume com o teu nome, que foi ele que insistiu e, digo-to eu, fez muito bem. Não via Marie de Saint-Loup há mais de quinze dias, escrevia um trabalho acerca da intencionalidade da consciência na apreciação estética de um verso, quando recebi um bilhete seu a pedir que me encontrasse com ela. Disse-me, está tudo terminado mas gostaria muito que nos pudéssemos continuar a encontrar. Não conseguira sustentar uma relação com alguém tão misantropo; alguém que preferia sempre um livro a uma reunião social, que preferia estar a sós com ela do que ir a Paris escutar Sarah Bernhardt. Não obstante, gostaria muito de poder continuar a privar com o meu espírito, manteríamos correspondência e talvez nos encontrássemos, de longe em longe, para longas conversas em torno da intencionalidade da consciência nas três classes fundamentais dos fenómenos psíquicos, segundo o professor Brentano, a representação, o juízo e o sentimento. Meu querido amigo, não desejes nunca escutar tais palavras de uma amada; nestes momentos, antes o ódio do que a moral. Tu não precisas que te digam o bom homem que és, ou que te elogiem a excepcionalidade do espírito, muito menos dito por alguém que está em clara desvantagem perante ti no tocante a tais atributos, tu só precisas dos doces lábios de outrora.

Já em Sintra, recebi uma carta dela, dizia, sinto-me só como nunca, não consigo superar a tristeza do nosso desencontro, sinto-me como se tivesse morrido e todavia permanecesse de olhos abertos vendo as cinzas do amor; quero-lhe todo o bem do mundo, desejo-lhe a felicidade que não tenho nem consigo. Não sou poeta, Cesário, e para um filósofo aquilo que acaba não traz nenhum proveito, só mágoa. Quando a morte não é o mais temível dos deuses, sofre-se. Em resposta escrevi-lhe uma derradeira carta, e vou reproduzir-te aqui a parte que importa saberes, a sua parte final. Provavelmente só poderia escrever tal carta a Marie, não apenas porque só faria sentido enviá-la a ela, mas porque só ela a poderia entender. Era ainda como se lhe dissesse que aquilo que aprendemos com Brentano não serve apenas de erudição, mas como uma maior compreensão da vida e da morte.

"A morte de um livro, por exemplo. Ao chegar ao fim de um livro, que ao longo das suas páginas me deu tanto prazer, tanta reflexão, tanta vida, invade-me um sentimento que não sei precisar. A morte é sempre uma falta. Falta daquilo que perece para mim, ainda que viva em outro. Isto é, ou se dá à morte uma conotação *objectal* — morte disto, morte daquilo, morte daqueloutro, em suma, falta — ou não há conotação alguma. A morte não é sujeito, é sempre objecto. Mas o que é que morre, o que é que me falta quando chego ao fim de um livro? O livro jaz diante de mim como sempre esteve antes de iniciar a sua leitura, contudo já não é o mesmo livro anónimo, já não é *um* livro, mas aquele livro determinado, e determinado pelo meu tempo de leitura. O livro já não é a lombada, a encadernação, o volume de folhas, a gramagem do papel, os caracteres e a sua composição página a página. O livro deixou de ser um mero objecto. O livro é uma amálgama de coisa e eu-mesmo. Este eu-mesmo é duas mortes:

a minha e a do autor. O fim do tempo que demorei a ler o livro, o fim do tempo que ele demorou a escrevê-lo. Pensar que poderia ter morrido, de facto, sem que o fim desse tempo tivesse existido! Sim, o tempo que agora está morto para mim, que me falta, só é vivo porque o enterrei no livro. Esse tempo é o tempo do livro em mim, na sua primeira vez — e, também, única. O livro é a minha vida morta.

"Mas o tempo vivido na leitura do livro não é mais recuperável. Ainda que volte a lê-lo, já não será o mesmo. Não será o mesmo nem nunca foi o mesmo, desde o momento em que iniciei a sua leitura. E neste *mesmo* estão contidos o livro, o tempo e eu. O tempo que já não é insurge-se contra o tempo que agora é. Morro na última página, na última linha. Morre em mim um tempo preciso, *o meu tempo do livro* e, de imediato, passa a existir essa mesma morte: a falta do meu tempo do livro. A minha morte ganha vida.

"Então, o que me falta quando chego ao fim do livro é o tempo do livro. E o que é esse tempo do livro que em mim morre e em mim ganha vida? O mesmo tempo, a sua duração horária, jamais se faria sentir se tivesse outra morte. Igual quantidade de tempo despendido em passeios até Colares, em múltiplas cartas ou a dormir não me faria sentir a sua falta. O tempo em si não é nada. O tempo é sempre tempo de alguma coisa.

"Mas desta coisa, do livro não tenho falta. O livro permanece diante de mim. Não há falta do livro, mas do tempo do livro. Não há falta do tempo, mas do tempo do livro. O que é este tempo do livro ao qual chamo de minha vida morta a ganhar vida? O *sujeito* da minha morte. Minha única experiência de morrer. A morte de um livro, por exemplo.

"Agora, também você fará parte das minhas experiências de morrer. E assim devemos deixar que tudo fique, porque a morte é inalterável. Adeus, Marie".

E também agora já deverás compreender melhor, meu bom amigo, porque atribuo superficialidade a todo aquele que elogia a morte. Mas, tu, partindo das tuas próprias mortes, escreves elogios não à morte, mas à vida, que é só o que merece ser elogiado, como talvez melhor do que ninguém tu o saibas. Também nos teus poemas a morte é o tempo; e o tempo é os nossos sentidos a passarem sobre as coisas no contraste de uma fixação da atenção. Imagino que neste preciso momento estejas a sorrir, a dizer a ti mesmo que até nessa derradeira carta a Marie, para falar de mim e dela, tenha falado de um livro. Mas não é também isso que sempre fazes nos teus poemas, utilizares-te das coisas do mundo para falares das coisas da alma? Recordas-te do comentário que fiz aquando da leitura ainda não impressa do *Cristalizações*? "Homem, isto não é só um elogio à vida, é um elogio à verdade, que são o mesmo!" Não obstante, não é elogio ao trabalho, às suas virtudes. Não há gota de moral nos teus versos. Porque, como eles mesmo dizem:

Homens de carga! Assim as bestas vão curvadas!
Que vida tão custosa! Que diabo!

Até a entrada, já na parte final do poema, da actriz que costumas ver à noite no teatro representando outras vidas, não serve de uma possível contraposição moral com os calceteiros. Não tomas partido nem por uns, nem pela outra, sequer por ti mesmo. Mostras apenas o quanto a vida, na multiplicidade aparente da sua apresentação, é una. O poema descreve três vidas diferentes: a dos calceteiros com as camisas rasgadas no seu penoso trabalho ao frio e à chuva; a da actriz a caminho do ensaio, a tiritar por debaixo do agasalho das peles; e a tua própria de poeta que regista tudo isto, criando um contraste que melhor nos mostra a unicidade da vida, contrapondo-se à multiplicidade da morte. "E nesse rude mês, que não consente as flores", escreves, as diversas vidas humanas resistem e deixam as suas marcas no mundo: os calceteiros deixam-nos as suas pedras; a actriz as suas interpretações; tu os teus poemas. As marcas dos primeiros são-nos úteis, as da segunda distraem-nos, e as tuas elevam-nos. A vida supera a morte pela sua capacidade de criação, pelo seu pendor para a unidade. No fundo, dizes-nos: a morte só nos deve importar enquanto aquilo que a vida vai deixando ao prosseguir, por exemplo, este poema que deixo ou as pedras dos calceteiros. (Isto para além de todas as dificuldades, que as dos calceteiros podem não ser maiores do que as tuas, porque uma tempestade na alma pode enregelar mais do que o frio do Inverno.) E eu acrescentarei: um livro que li e me serviu o espírito, um amor que vivi e me serviu o corpo e a alma. Mas, realmente, ainda dizes muito mais do que isto, dizes: a vida é assim e não há muito o que pensar, há vivê-la.

Talvez não devesse estar a escrever-te acerca de Marie, não hoje, que precisas de forças para enfrentar o demónio da presente ausência de Luísa. Mas estou convicto do contrário! As minhas palavras, este veneno indolor excepto para mim mesmo, podem servir de antídoto ao teu próprio veneno. Congratula-te por não passares por aquilo que Menelau passou, não precisas de partir para Tróia e fazer uma guerra, nem tão-pouco alguém cantará o teu infortúnio e as tuas proezas. Será o teu próprio infortúnio que cantarás e será esta a tua proeza, Cesário, dois passos à frente desse rei de Micenas. Quem poderá, hoje, orgulhar-se de tal feito? E uma mulher é só um pedaço de carne com alma, onde tendemos a albergar o nosso espírito. Mas compreendo que não reconheças a relação dos teus poemas com a tradição homérica, como eu a reconheço! Porque tu vê-los com arte e eu apenas com erudição. E é aqui que podemos falar acerca do estilo, tal como me pedes.

Parece evidente que o estilo só permanece porque possui em si algo que condiciona o nosso olhar, a nossa atenção. O estilo não é seguramente uma herança, nem tão-pouco um consentimento de levianos interesses, embora possua uma herança misteriosa e um consentimento imprevisível de levianos interesses. O estilo é, contrariamente à genealogia, uma ruptura face à sucessão. É o revés de qualquer moral, de qualquer padrão. A compreensão do estilo passa necessariamente pela compreensão da impossibilidade do género; compreender alguém sem família, não porque não a tenha, não porque não a queira, mas porque não pode compreender-se a si próprio fundeando-se nela. Esta incompreensão de si não é ausência de conhecimento, mas consciência de ignorância. Quem não revê no género a possibilidade de autognose abeira-se do estilo, tem-no diante dos olhos, basta-lhe agora um par de mãos crédulas.

Filho da fé e do impossível, o estilo cresce nesta dupla e distinta condenação. O estilo é a experiência da diferença: o reconhecimento, por parte do observador, da individuação do observado. A diferença, que este próprio encerra, entre a sua impossibilidade humana e o milagre da fé. Sem a experiência do estilo, o mundo é somente uma povoação sem identidades, sem diferença, sem consciência de limite. Por conseguinte, o estilo depõe-nos face à morte como nenhum outro símbolo. Enquanto experiência, o estilo concede-nos a diferença; enquanto símbolo concede-nos a morte, embora através da sua sombra, através da experiência de permanência. E é esta paixão pelo estilo que, sem o saberem, conduziu os românticos à paixão pela morte e a um exagerado fervor religioso. Mas a fé não é necessariamente religiosa, e na arte nunca é, ainda que o artista possa sê-lo.

Reconhecer-te o estilo, Cesário, é mais fácil do que falar dele. Imagina que um enorme muro branco sob o sol é todo o espectro da linguagem e ao caminharmos ao longo dele vamos avistando algumas sombras, algumas formas que, de quando em quando, se demarcam do todo branco. Estas sombras são o estilo da linguagem. Repara que te falo de linguagem e não de forma. O estilo não é um *modus dicendi*, mas um *dicere*, em que expressão e expressado formam um todo indissolúvel.

Talvez que estas sombras sejam mais difíceis de visualização do que o todo branco e, neste caso, tens uma resposta para o silêncio dos nossos contemporâneos acerca do teu poema. Assim, o que *a posteriori* se vê melhor, o estilo, é o que no presente dificilmente se vê. Como se estivéssemos muito próximos da sombra e fosse o branco que nos surgisse aos olhos como aquilo que demarca. Talvez estilo e genialidade sejam o mesmo: conseguir ser-se o mais possível a sua época, de tal modo que só adiante possa ser visível com mais facilidade; aquilo que assusta todos os demais é aquilo que é mais evidente, por não sabermos muito bem o que é. É preciso tempo.

Dou-te um exemplo: o *Diário de William Beckford*. Cesário, agora que já conheces essa preciosidade que te emprestei, não reconheces nas suas páginas, escritas em pleno início do romantismo, um primeiro ataque a esse movimento e já as primeiras letras do realismo? Não reconheces, na Lisboa que ele descreve em finais do século passado, a tua Lisboa de hoje, dos teus poemas? Apesar de tudo, ele não conseguiu anular completamente o romantismo que começava a habitar a época e lhe tentava a alma, mas o seu talento conseguiu mais do que a sua vida, os seus dias, que em tanto se parecem com os de Byron. Talvez só o filósofo, e um filósofo de cariz grego e alemão embora não hegeliano, possa dizer isto, mas julgo ser esse livro tão ou mais importante do que os poemas de Byron. Perdoem-me os poetas, se o meu olhar se engana! Mas atentar no exterior é que é difícil, é através dele que se descobre a alma. Tudo o mais são desejos de alma, desejos de compreensão. A descrição que ele faz, logo no início do livro, "Domingo, 27 de Maio" (passagem que corresponde à data de 2 de Julho, nas suas *Cartas*) acerca dos cães, trinta ou quarenta mil pelas ruas de Lisboa, escreve ele, que devoram tudo quanto a população atira pelas janelas para a via pública, não retrata só a miséria a que os animais estão votados, mas a miséria humana. A miséria de uma despreocupação total pelo outro, a condição de não abnegação do ser humano, a tristeza da solidão que é imensa, e nenhuma diversão consegue colmatar. E quando a sensibilidade não consegue esconder a atenção, podemos dizer que, tal como Beckford descreve três dias depois, os uivos dos cães nos arrancam a sonhos agradáveis. Considero esta passagem, Cesário, o maior ataque que conheço contra o romantismo, e estava-se em 1787, quase cem anos antes desta carta, dos teus poemas. E é deste modo que, sem que o soubesses, já tinhas um pai, um pai inglês que viveu como Byron e escreveu, não para o seu tempo, mas para o vindouro. Só os desatentos não vêem que Beckford, tal como tu, atravessa o quotidiano até à alma. E só aí, nesse local de difícil acesso, podemos então pronunciar a palavra realidade, que, em sentido literário, é a superação do classicismo e do romantismo. É também assim, não me canso de repetir-to, que conhecemos a alma grega, a alma que Homero nos descreve através daquilo que um qualquer contemporâneo seu poderia testemunhar, mas não ditar. E hoje, meu amigo, é Beckford, o seu *Diário*, que me faz ainda ter vontade de percorrer as ruas de Sintra; a minha Sintra não é a do "glorious Eden" de Byron, mas dele. Beckford, ainda antes do movimento literário, vira já Sintra com olhar de superação, assim como havia visto Lisboa. E sempre que passo pelo Ramalhão não posso deixar de sorrir, e pensar que por algum tempo já ali viveu alguém muito superior à rainha que hoje lá se encontra. Alguém que olhou a vida sem medo do que via!

O primeiro visconde de Juromenha, pai de meu tio, o segundo visconde de Juromenha, ainda privou com esse espírito, conheceu-o em casa de um grande amigo comum, D. José de Mateus, a quem Beckford se refere no *Diário*. Mas quando o visconde se põe a contar episódios relatados por seu pai, muito me entristece escutá-los, descreve-o como se Beckford fosse um expoente do romantismo. Não o souberam ler, Cesário. E, a sua contínua fuga pelo mundo, não seria uma fuga à sua própria época? No entanto, encontrava-a em todo o lado por onde passava. Era a época que o perseguia, Cesário, não o escândalo em Inglaterra ou a morte de sua esposa no momento do parto. Provavelmente, nem ele mesmo o sabia. E quantas vezes, tal como tu, não deve ter desconfiado do valor de sua pena, já que em parte alguma encontrava eco nas suas palavras. A evidência de sua escrita deveria fazê-lo sofrer tanto quanto te faz sofrer o não reconhecimento dos teus poemas. Mas, enquanto tu te refugias no comércio e numa aparente frieza, o seu refúgio era fugir continuamente. E que método mais eficaz de fuga do que um outro corpo? Ele não podia viver de outro modo senão enquanto sedutor, não como Byron, por vício e vaidade, mas por demasia de talento incompreendido, incompreendido por ele mesmo. Por isso te aconselho, meu bom amigo, continua comerciante, só essa actividade pode dar-te algum sossego e ajudar-te a legar-nos alguns dos melhores poemas de sempre. Agora, que julgas Beckford um espírito excepcional, terei de emprestar-te um outro livro seu: *A Côrte da Rainha D. Maria I*; a sua forma é muito similar à do *Diário*, embora aqui se trate de cartas. Aliás, muitas das referências que se encontram neste, entrecruzam-se com a do outro e, não muitas vezes, há contradições de factos e datas, que pouco nos importa para a apreciação estética. Essas cartas formam um magnífico texto literário. Mais ainda do que o *Diário* — onde sem que assuma uma forma explícita, há, contudo, a descrição de um enredo que percorre a totalidade das páginas, a contenda que opôs o embaixador inglês Walpole ao próprio Beckford e aos amigos deste —, nas cartas não há pingo de enredo, somente descrição e pensamento, que é o que distingue os grandes espíritos. Talvez as *cartas* não sejam, literariamente, superiores ao *Diário*, mas em conjunto formam um díptico magnífico. Em comparação, basta recordares-te dessa penúria espiritual, que é o *Lágrimas e Tesouros* de Rebelo da Silva. Tomando William Beckford como herói, constrói um romance romântico em que desfigura por completo esse grande espírito inglês, e tu mesmo podes agora compará-lo. E para quê?, pergunto. A desfiguração serviu algum valor superior? Nenhum! Bastam as suas próprias palavras no início do livro, nessa introdução que ele denominou "Duas palavras aos leitores": "O romance que vai ler-se não tem a vaidade de se inscrever entre as composições altivas, quase épicas, repassadas de elevados conceitos filosóficos, e traçadas com o fim de propor e resolver algum dos graves e perigosos problemas que hoje inquietam a consciência ou perturbam a razão dos povos. Humilde, e nada pomposo na ideia e na forma (...)" Mas, então, para quê? Não se lhe pedia que resolvesse o que quer que fosse, bastava enunciar. Ver, meu bom Cesário, ver, que é o que tu fazes como poucos, se é que alguém o faz nos dias que correm. Não tem a vaidade, diz ele, não tem é outra coisa! Porque escrever e dar ao público uma obra que é um vazio completo de realidade e carência de forma, só por vaidade. A capacidade de ver que tu tens, meu amigo, melhor do que eu o saberás, não é resultado da vaidade, mas do talento, de um enorme talento que eu mesmo, apesar das minhas palavras, não posso deixar de não compreender por completo. Mesmo esta carta, se fosse para mostrar a minha vaidade, ficaria por enviar! Mas a minha sinceridade e esperança é que ela não só sirva os teus intentos, responda às tuas perguntas, te fortaleça a confiança e acrescente dados que desconhecias, como os que relato acerca de Marie de Saint-Loup e de minha irmã, mas também mostre aquilo em que venho pensando, aquilo que vejo, apesar de não tão fundo como tu, e, embora não sirva ao público, seja uma reflexão estética anti-romântica para um amigo que preencherá com a dedicação do seu coração aquilo que faltar.

Quanto a isto, julgo que muito aprendi com meu tio, o visconde, que sabendo muito bem medir o seu valor se tem dedicado a estudos importantes, embora de não muito grande valia literária. Mas importantes, sem dúvida. É muito provável que não os conheças, alguns já foram publicados, outros estão por publicar, outros ainda por terminar. Cesário, acerca das artes em Portugal e das antiguidades, mesmo da poética do nosso período clássico, poucos terão reflectido como ele, e não exagero. Foi Alexandre Herculano quem lhe reviu a sua primeira publicação *Sintra pinturesca*. Uma relação que só terminou há três anos, com a morte de Herculano, nesse ano obscuro de 77, em que perdeu outro amigo, o conde de Raczynski. O mais curioso, Cesário, é que, se politicamente Herculano e o visconde se odiavam, talvez o verbo seja forte para uma pessoa como meu tio, mas não andará longe disso, esteticamente se aproximaram tanto que, perante esta relação de amor e ódio, muito me fizeram reflectir acerca do *gosto* e das suas potencialidades morais.

O gosto é a única moralidade possível, a única necessária. Ninguém vai deixar de matar um homem por aquilo que não vê, por aquilo que não sabe se existe. Por outro lado, nenhum imperativo moral pode subsistir numa natureza perdida entre dois nenhures: nascer e morrer. Nem o inferno nem a razão impedem a crueldade; só o gosto. Gostar quer dizer viver sob o jugo da harmonia que principia nos sentidos. Em suma, o homem pode tomar dois caminhos para si: ordenar as coisas e exigir que os sentidos aceitem essa ordem; ou compreender a ordem que os sentidos têm. Até aqui fomos apenas déspotas ou mandatários do despotismo, confundindo isso com liberdade. Nem marquês de Sade, nem São Paulo. O gosto é a única religião possível. Mas como é que o gosto pode impedir a avidez do lucro e a hipocrisia que permitem e estimulam, já por si, o reflexo máximo do despotismo ou a tentativa de subjugar os sentidos à liberdade, à razão? Porque o gosto é não somente prazer mas *comprazer*. O gosto é um acto criativo por excelência, e todo o acto criativo só retira prazer do reconhecimento. E só pode ser reconhecido por aqueles que o podem reconhecer, por aqueles que estão despertos para o gosto, por aqueles que já *gostam*. Mas, perguntar-me-ás, não foi isso o que sempre aconteceu e o que acontece, uma luta feroz entre os que gostam e os que não gostam? Não, o que sempre aconteceu e acontece é uma luta feroz entre os que não gostam. A força é atributo da razão, não dos sentidos, atributo da liberdade e não da criação. Quem cria não é livre. A liberdade, que considera todas as coisas como sendo nada, nada sabe das *entranhas* geradoras da vida, necessariamente geradoras. O homem não é livre de criar, tem necessariamente de criar. E o seu gesto mais ínfimo, a sua recusa mais retórica (o cristianismo, por exemplo) é ainda, não o nada mas o *pouco* que a muitos cabe. Quem cria pode até desprezar aquele que não o aprecia ou não o pode apreciar, mas nunca destruí-lo. Porque esse mesmo que não o aprecia ou não o pode apreciar torna-se o negativo da sua própria criação, é como se a sua criação tomasse forma sobre esse fundo negro que é a *ausência* de gosto do outro. Não, não estou a confundir gosto e criação, pois é o mesmo, Cesário. A criação é apenas um termo que utilizamos como se o gosto fosse algo de passivo e possuíssemos um lado activo que seria a criação. Quando o Neves, de Ranholas, confecciona as queijadas de que tu tanto gostas, ou tu mesmo escreves um poema, dizemos que são criativos, activos; e quando apreciamos, queijada ou poema, embora apreciações diferentes, somos passivos, enfim, somos apenas gosto. O problema é que não é assim que se passa. Tanto um quanto o outro são relações de gosto, de criação. Porque o gosto, a criação, é compreender a harmonia existente nos sentidos, isto é entre nós e nós mesmos e entre nós mesmos e tudo. Compreender não é legislar, definir, mas aceitar. Por fim, o gosto é aceitar o mistério da individualidade, carregar consigo este segredo: uma ordem não tem necessariamente de ter uma lei, leis; mas tem necessariamente de ser seguida. O *gosto* é aquilo que se segue por gosto e não pela força, isto é, pela razão. É como se o homem seguisse não um deus, deuses ou Deus, mas os próprios homens, os seus próprios mistérios. E não serão, Cesário, os problemas morais problemas estéticos, mas ainda não identificados devidamente? Talvez a moral seja somente a dificuldade de compreender o estético, uma nuvem entre os homens e a criação. Porque desde sempre a arte permite, através das suas criações, amarmo-nos e detestarmo-nos muito mais do que a nós mesmos.

Foi numa manhã de quinta-feira em que, como todas as outras, me dirigia a casa do visconde que soube já não amar Marie. A alguns metros de casa, junto ao Paço, ao cruzar-me com um casal que passeava de braço dado, não senti nem tristeza nem lhes invejei a sorte. Mas a consciência da libertação de tal escravidão não acrescentou nenhum bem aos passos que seguiam para São Pedro. Logo a seguir ao Hotel Lawrence, essa eterna casa de Byron, e antes de iniciar a subida, detive-me junto à Quinta dos Pisões. Arrependi-me de não vir de carro, senti um profundo cansaço, como se em tão poucos metros tivesse envelhecido dezenas de anos. Segurava-me ao muro e, com o olhar empedernido, seguia os cavalos lá em baixo no picadeiro, na ignorância da sua natureza servil. E, nesse preciso momento, pela primeira vez compreendi aquilo a que denomino natureza do poeta. O poeta vê o início de cada relação como o início do mundo, com o mesmo deslumbramento de quem assiste e participa nele, e vê cada pequeno desencontro como o próprio fim dele. Não se trata de exagerar a realidade, nós mesmos já não vemos assim porque nos habituámos a que haja sempre algo que venha a seguir ou algo que houve antes. Mas não se encontra no poema um outro modo que não seja o do confronto, consigo, com o mundo, com a tradição. Confronto que é a própria exigência de uma posição nova. Nunca o poema traz sonho, devaneio, amplitude ideal, transreal, não. Pelo contrário, o mais das vezes é antes do poema que o poeta se encontra num estado de alienação e o poema exige que desperte. E se assim não for não é poema, mas tão-somente um outro modo de entreter o sono, qualquer confronto. O poema, e a escrita em geral, não pode ser a alegria triste de uma fuga. O poeta nada sabe do sonho, que o próprio poema é um facto. Do sonho sabe aquele que vê a distância como a impossibilidade de transpô-la, aquele para quem as palavras jogadas fora nos cafés são a única concretude, e depois o trabalho diário e a família. O sonho é atravessar a vida com palavras de fumo. Observava os cavalos lá em baixo e compreendia que apenas o poeta ultrapassa a sua própria natureza humana. Uma gata tricolor, que saltara um dos muros, pôs-se de longe a fitá-los. Mas algo lhe chamou a atenção e trepou a uma das macieiras. Com as patas traseiras e uma dianteira equilibra o corpo, a outra estica-se em rápidos impulsos na direcção de um ninho que repousa entre dois frágeis ramos na extremidade da árvore. A gata já tentara equilibrar-se nesses galhos, mas por pouco não caíra. Tenta agora em desespero derrubar o ninho, que apesar dos fortes abanões teima em não cair. De início, a tarefa da gata parecia fácil e o ninho e os seus ovos condenados, mas não demorei a compreender que o tordo que o construíra fizera um bom trabalho e no sítio certo.

A gata desistiu. Já sobre a relva pôs-se a seguir, com os olhos e o focinho trémulo, duas borboletas que esvoaçavam juntas como numa dança de iniciação. Certamente, há muito poucas horas que alegram as flores. A gata provavelmente não sabe disto, mas não deixa de contemplar com admiração tamanho exercício fútil de felicidade. É uma gata já não muito nova, pouco dada a brincadeiras que não as da morte e da sobrevivência. Fui interrompido pelo som da fonte, que vinha do outro lado da rua e, numa associação estranha de ideias, recordei simultaneamente o fim do meu amor por Marie e estes versos de Goethe, do seu *Fausto*:

> Pelos seixos, pela relva,
> Vão regatos sussurrando.
> Ouço murmúrios na selva
> Ou canções? São melodias.
> Vozes de passados dias.
> Doce amor, ardente esp'rar.
> Que como legenda antiga
> Vem o eco recordar!

Subi até casa do visconde carregando estas descobertas, estes tormentos, como se de uma verdadeira voz interior se tratasse, um *daimon* que nunca possuíra antes e não mais vim a possuir depois. No fim do almoço ainda escutava essa voz e, no jardim do visconde, dizia-lhe que o passado é uma força que é preciso entender para que não nos esmague; que a Tragédia era escrita para vencer um concurso, para ser apresentada à cidade e mostrar que ninguém melhor do que aquele que a escrevera compreendera o seu tempo, os desejos e as angústias dos seus contemporâneos, independentemente do passado da acção; que o romantismo destruiu essa magnífica compreensão humana do gosto, as obras de arte por encomenda; que uma cidade também pode ser uma experiência terrível, a mais dolorosa de um ser humano, que pode dar razões para se fugir dos homens; que Herculano descreveu muito bem essa experiência no seu *Eurico*, que todos nós já por uma vez sentimos; que, evidentemente, não partilho do gosto de Herculano, mas serei forçado a reconhecer-lhe o seu enorme talento; que Herculano voltou costas ao amor para erigir uma obra, só passados mais de trinta anos se casa com o seu amor de juventude, era incompatível, dizia, a arte literária e o casamento; que imensa diferença desse nosso outro romântico, Camilo, que arrasta pelo casamento uma obra imensa, ou o seu contrário; que Camilo calcorreia a vida pelo amor, trabalha e sofre pelas mulheres, ou pela mulher, não pelos homens, pelo país; que Herculano homem dos homens, Camilo homem das mulheres; que duas paixões, dois escravos, duas obras; que nenhum deles teve razão naquilo que deveria seguir; que a paixão amorosa traz sempre tanto de juvenil e a política de sensaboria, mas não se vividas tal como Beckford as viveu e nos descreve, tão contrário ao Beckford patético de Rebelo da Silva; que o mal do amor é o seu lado patético, e o da política o seu idealismo. Enfim, todos os males do romantismo! Que crer não é tão contrário a entender como o racionalismo e o positivismo pretendem hoje ver mostrado; que esta é a minha discordância com Antero que, tal como tantos nestes dias, toma aquilo que é contemporâneo por aquilo que é verdade; que a noção de contemporaneidade da verdade é uma ideia de sempre, uma ideia antiga; que Beckford compreendeu muito bem as relações entre o religioso e o estético, e nesta compreensão profunda do humano reside a minha admiração; que Antero apenas pressentiu essa relação, o que já não é pouco, para filósofo, porque para poeta é tudo; que festejava a minha libertação definitiva do amor por Marie.

Em boa verdade, Cesário, não sei se deixei mesmo de amar Marie. O casal com que me cruzara junto ao Paço e os cavalos na Quinta de Pisões pareceram indicar-me isso. Depois, a tempestade dessa voz interior parecia confirmar uma mudança radical na forma de ver o mundo, que é sempre o início ou o fim de um amor. Mas à noite, sentado à secretária do escritório, e tentando apontar as palavras da tarde, apercebi-me definitivamente que nunca viria a ser poeta e que a experiência mais próxima dessa era o meu amor por Marie. E a consciência de tal sorte devolveu--me os movimentos do seu rosto. Esta eternidade humana que é o amor só sobrevive em mim pela inexistência de talento poético. Mas tu, Cesário, busca não a eternidade humana, mas a outra.

Se eu não morresse, nunca! E eternamente
Buscasse e conseguisse a perfeição das cousas!
Esqueço-me a prever castíssimas esposas,
Que aninhem em mansões de vidro transparente!

Os primeiros dois versos és tu, Cesário, os dois últimos sou eu. Sou eu, não pelo que sou mas pelo contrário que me não cabe. Se não existissem homens como tu, como poderíamos nós outros saber que não éramos vós? Mas de um outro modo menos dramático ou menos ontológico, que só não são o mesmo no romantismo, diria que os dois últimos versos fui eu. Assim como o serias tu, se não fosse esse teu enorme talento que de tudo te salva, até de um hipotético casamento. Não me parece que a arte seja compatível com o esquecimento de si mesmo. Mesmo neste preciso momento, que vejo através da janela do meu escritório o filho mais novo dos meus vizinhos Mello Breyner a brincar no jardim de sua casa, não evito pensar o quanto me desagrada a procriação como desculpa para a ausência de talento. A pequenez da alma encontra na multiplicação uma prova para defender as regras da sociedade contra as regras da arte. E tu, Cesário, mais do que os outros, sofres a dura luta interior, que em ti se trava, entre essas duas espécies distintas de regras. Por isso, o poeta é um pouco mais e um pouco menos do que o homem. Diz-me, Cesário, que mais temes, a ausência do amor ou a ausência de leitores? E por quanto tempo, pergunto-te, defenderias uma amada contra um verso?

No Outono passado voltei a encontrar-me com Marie. Chegou a Sintra, instalou-se no Lawrence e no dia seguinte pediu no hotel que a fizessem anunciar-se em minha casa, a senhorita Marie de Saint-Loup. Uma razão simples a trouxera a Sintra, disse, queria ver-me. Como se fosse simples a consciência de que algo nos falta! A tarde nesse dia parecia exactamente igual à anterior. E esta exactidão perversa, mais do que anunciar a minha vontade, anunciava o meu medo. A minha alma dividia-se entre a carne e o espírito, e por vezes basta tão pouco, um gesto imperceptível e ela cai irremediavelmente para um dos lados, carregando os remorsos desse irremediável contrário. E não era, para mim, novidade. Aliás, como julgo já te ter dito, cedo percebi que Marie seria o meu inferno.

Levei-a a passear até Colares, e por essa estrada ia-lhe indicando os palácios da Regaleira, junto aos cascos dos cavalos e às rodas dos carros, o da Pena, lá no cimo, na serra, o de Seteais, onde finda a relva, e o de Monserrate com os seus muros longínquos. Como bem sabes, prefiro o de Seteais. Marie apaixonou-se pela imponência da Pena. Mas discutimos coisas pouco interessantes, paisagens, livros, arquitectura, nada acerca da existência, acerca do amor. Queria visitar tudo, que lhe mostrasse tudo, muito subtilmente chegou a insinuar que usasse de minha influência, e da do visconde, para ser apresentada a essas pessoas, a essas casas.

Sabendo da minha admiração por William Beckford, não se coibiu de o elogiar quando passámos em Monserrate. Evidentemente, ela sabia das falsas palavras de Byron, acerca das obras no palácio, que Beckford jamais fez, mas um outro, e que muito afectou a sensibilidade de Beckford. E também sabia do antigo palácio que existiu antes deste e derrocou durante o terramoto de Lisboa, no século passado. Marie aproveitou-se somente do local e da sua história, de modo a inflamar o meu interesse, pôr-me a falar ou, como se costuma dizer, descontrair-me. Mas a minha alma estava decidida a não enveredar pela facilidade, a não aceitar as tréguas da galantaria, a reverência ao elogio. Só os fracos se dobram perante um elogio, Cesário. Não homens como tu ou homens como eu, embora ambos por razões diferentes; e aqui trata-se mesmo de um caso de razão. Interiormente, sei que amava Marie, mas exteriormente tinha necessidade de lhe provar o contrário, o contrário ao mundo inteiro. Na alma, por um lado, o amor eterno que evitava consumar-se, por outro a lucidez do egoísmo que evita qualquer tipo de perdição.

E o amor é a necessidade de se morrer para o mundo, com excepção feita daquela a quem nos entregamos. É no corpo da amada que a morte encontra a sua maior força de vida. No limite último de mim mesmo, onde eu acabo, começa a amada, o seu corpo, o seu limite último. Entre os amantes, a única réstia de mundo é o ar que respiram, que por breves momentos chega até a ser o deles mesmos. Para os amantes, aquele que se ama não é mundo, não, de modo nenhum. Aquele que se ama é apêndice do mundo: está a ele ligado, mas não lhe pertence realmente. Por isso ele tem essa faculdade de se desligar de tudo o que é exterior. E aquele que ama, e sente a sua amada enquanto apêndice, sendo amado por ela tem esperança de que também ele mesmo seja independente do mundo. Em suma, nunca saberemos se aquele que ama, ama porque quer o outro ou porque se quer a si. Mas que quer dizer este desejo avassalador de nos cortarmos do mundo, e que nos conduz para um outro? É claro que este desejo não é somente dirigido para uma amada, um amado, encontramos experiências similares naqueles que se votam a Deus, ou à arte. O Padre António Vieira entregou a vida a um duplo amor, tanto quanto sabemos, Deus e a arte da oratória. Sabemos também que a conciliabilidade de amores heterogéneos, senão tarefa votada ao fracasso, é pelo menos bastante onerosa, exige um truque da imaginação, que no caso de Vieira teve a seguinte forma: quanto mais me aproximar da perfeição oratória, mais sirvo a Deus e d'Ele me aproximo; não só porque toda a perfeição só pode vir de Deus, é a sua imagem terrena, mas fundamentalmente porque posso fazer que muitos mais se possam aproximar d'Ele. Por outro lado, quanto mais me aproximo de Deus, mais me aproximo da perfeição oratória, pois é Deus que me concede essa Graça. Mas a forma, embora diferente em cada caso, é sempre a mesma. Vê, caro Cesário, o caso da maioria dos homens dos nossos dias. São casados e alguns amam mesmo as suas mulheres, mas isso não os impede de terem uma amante que também amam. De que modo é que se arranjam com as suas consciências ou qual o truque de imaginação que encontram para conciliarem os seus dois amores? Simples, o mesmo do Padre António Vieira: quanto mais amarem a sua amante, mais se aproximam da sua mulher, mais a amam, pois a amante é a imagem terrena da esposa. Por outro lado, quanto mais se dedicarem à imagem celeste, à esposa, tanto mais merecem a sua imagem terrena, a amante, etc., a ideia é esta. O segredo está em encontrar-se, na fragmentação, um sinal a partir do qual procuremos a completude. Mas há somente duas coisas que justificam o estar com alguém em detrimento de outrem: o cansaço natural pelas pessoas em geral e a natural apetência para a comodidade. Talvez o amor seja a antítese de um poema.

    Não foram estas as palavras que lhe disse, Cesário, mas sim outras, imaginei-me eu e tu sendo uma só pessoa menti-lhe: Marie, hoje, não sou uma outra pessoa, sou outro mundo. E, provavelmente, das dificuldades que mais encontro são as de perceber como é possível que este mundo teime em reconhecer, como fazendo parte do seu, aquele de há dois anos. Em suma, julgo ser esta a maior de todas as dificuldades que se coloca a um pensador, isto é, como é possível a continuidade na descontinuidade. Ou, se preferires, como é possível permanecer aquilo que muda, como posso continuar a dar o mesmo nome àquilo que já não é a mesma coisa. Estou hoje mais longe de ti do que nunca e paradoxalmente mais perto. Mais longe, porque inevitavelmente qualquer pensador se afasta da própria vida, dos seus semelhantes. Mais perto, porque este pensador é poeta e não filósofo, e apesar de percorrer os caminhos obscuros da alma, percorre os caminhos da melancolia quotidiana do mundo e aprende depressa. Deste modo, vivi em mim o que muitas vezes não vivi de facto mas que presenciei em outros. E esta capacidade de experiência que todos têm é dilatada no poeta. Estou muito longe de ti mas compreendo-te muito melhor (isto para traçar uma comparação com o passado). Marie, aquilo que te quero dizer é que estou apavorado. Estás mais bela do que nunca, ou se preferires, achei-te mais bela do que nunca, o que para o efeito é o mesmo. Mas se hoje estás mais bela, eu estou mais conhecedor de mim mesmo e da natureza humana. Beleza de um lado e alguma sabedoria do outro, é assim que estamos (não é que não haja também alguma sabedoria do teu lado — ditada pelos dias, com mais ou menor atenção da tua parte — e que não haja alguma beleza do meu lado). O que apavora é a possibilidade da menor sabedoria do teu lado se entender com a menor beleza do meu lado, ou seja, aquilo que poderia ser designado como as nossas maiores fraquezas de um perante o outro, se admirarem mutuamente. Porque quanto àquilo que poderia ser designado como as nossas maiores forças, sempre elas se entenderam ao longo dos séculos: o belo e o saber sempre se admiraram. Nós estamos precisamente aqui: à beira de eu poder apreciar as tuas dúvidas, as tuas aspirações, aquilo que me dizes; e à beira de tu encontrares alguma beleza no meu rosto, no meu corpo, no modo como sorrio, numa possível complacência para com o mundo. Se isto acontecer será terrível, como bem podes imaginar. Mas se acontecer apenas a um dos lados poderá ser ainda pior. Porque, Marie, neste momento de nossas vidas, quando se ama, ama-se com muito mais necessidade do outro e com muito mais solidão também. Por tudo isto, será legítimo cada um de nós exigir do outro, já, toda a sinceridade.

Era fundamental mentir-lhe, meu amigo. E só agora me dou conta que escurece, porque de há algumas semanas para cá que o escuro me traz esta tosse irritante. O médico disse-me que não há motivos para preocupação, mas aconselhou-me a deixar Sintra, por causa da humidade. Respondi-lhe que nunca mais deixaria esta casa, e se ele não encontrava motivos de preocupação, também não via razões de partida, e um rosto que não esquecemos é pior do que a humidade. Há horas que estou aqui no escritório a escrever-te e esqueci-me até de comer, tomei apenas o pequeno--almoço e acendo de quando em quando o cachimbo que o médico na sua não preocupação proibiu. A ti, Cesário, não devo mentir. A saúde preocupa-me, e não se trata, como contigo, do fantasma de uma irmã levada pela tuberculose. Deves apenas preocupar-te com o teu espírito, que pode trazer-te a maior das doenças, não com os pulmões, e julgo não me enganar, Cesário. Assim não me enganasse no resto! O médico pediu-me descanso, que evitasse o mais possível os livros e não esquecesse de fazer cinco refeições por dia. Faço duas, hoje nem isso. Espero só terminar esta carta e vou tentar descansar, se a tosse permitir. Sinto-me isolado neste Outubro, e escrevo quase furiosamente porque não consigo escrever o que gostaria de escrever. Quando penso acerca daquilo que gostaria de escrever não encontro nada senão os outros, o que já foi escrito, os teus poemas, por exemplo; ou o *Diário* de Beckford.

Sei que hei-de estar morto antes da chegada dos rouxinóis, e aquilo que deixo é apenas este testemunho de amizade e decepção. Decepção por esta nossa época que não compreende um Cesário e prefere um Gomes Leal, decepção pelas pessoas e uma enorme amizade por ti e pelo António. Quanto à amizade por esse teu grande amigo, que julgo mesmo estar no teu coração acima de todos os demais, o Silva Pinto, já não vou a tempo. Sinceramente, será preferível não nos apresentares, acaso ele chegue de África antes de eu partir do mundo. Para o médico era fundamental mentir-me, meu amigo.

Luísa desconfia da gravidade da doença, de que ela exista de facto, mas tenho tido o cuidado de dissuadi-la. O visconde, esse não desconfia de nada, está bastante envolvido no seu trabalho de escrita e a sua idade já avançada — ele é meu tio-avô, não esqueças — também não o permite, tão-pouco a minha tia, irmã de minha falecida mãe, que acompanhará a Luísa à Suíça. E se agora o revelo é porque esta tosse me lembrou dizê-lo e porque tenho a tua discrição em maior conta até do que tu tens o meu juízo estético. Em breve, poderei ser mais uma morte na tua vida. Mas a morte só deve fortalecer a vida, não tens o que temer, Cesário. A morte é a única matéria-prima do poema, uma experiência passada que reconhecemos na memória. E reconhecer é, só por si, uma acha de belo. Ainda que o belo não nos pertença. Como não nos pertence esta vida de empréstimo e por isso só a arte, ao produzir o belo, pode conhecer a vida.

> *E saio. A noite pesa, esmaga. Nos*
> *Passeios de lajedo arrastam-se as impuras.*
> *Ó moles hospitais! Sai das embocaduras*
> *Um sopro que arrepia os ombros quase nus.*

Cesário, não julgues tratar-se de uma carta amarga, uma carta vingativa contra a natureza que me rejeita. E também não imputes a esta proximidade da morte a minha atitude para com

Marie, aquando da sua estada em Sintra. Afastei-me de Marie porque não suportaria rejeitar-me de novo a mim mesmo, tão--pouco uma possível rejeição da sua parte. Amar uma mulher assusta mais do que enfrentar um homem. E o medo aumenta quando o carrasco já tem rosto próprio. A Luísa poderá vir a ser, após a minha morte, a tua miséria. Por mim, não se aproximem de novo. Afastem-se! O visconde não tem outros herdeiros, será ela a herdar o título e os seus deveres, que se não compadecem dos deveres de poeta, pelo menos dos do grande poeta que és. E Luísa foi educada a pôr os deveres para com a titularidade acima de tudo o mais. Esforça-te por não veres em Luísa a tua irmã ressuscitada! É comum, nós homens, vermos nas mulheres vivas aquelas que já nos morreram.

Quando minha irmã chegar dos Alpes, assim como quando chegou do Egipto ou da Irlanda, encontrar-te-á no mesmo sítio de quando partiu, na mesma cidade, mas encontrar-te-á sempre mais longe. E essa lonjura não se compreende com facilidade, meu amigo. Sabes que só podes compreender aquilo que te está próximo, se dentro de ti mesmo fores sempre mais longe. Mais do que qualquer outro poeta ou filósofo, fizeste-me ver que se há uma essência humana terá de ser a de se ser longínquo de si mesmo. Viveres dia a dia contigo como se vivesses em terra estrangeira, num país distante, pois é o único modo de atentares bem na realidade; vê o exemplo de Beckford.

Pedias-me que escrevesse uma carta longa acerca do teu poema e acabei apenas por respeitar metade do teu pedido. Uma carta longa acerca de quase tudo, e quase nada acerca de *O Sentimento dum Ocidental*. Mas não é isso que se passa sempre que nos detemos face a um grande poema? E, podes estar certo, Cesário, não trocaria esta capacidade de apreciar-te, pela capacidade de escrever poemas de Junqueiro. Vale mais apreciar o bom do que fazer o mau. Provavelmente, vejo melhor esta época artística do que tu mesmo, Cesário. Tu precisas de usar alguns dos poetas maus para que em tua alma fertilize a grandeza poética. Eu preciso somente de escutar o bom, já que do resto nada aproveito senão a confirmação daquilo que vale realmente a pena. Quantas vezes um grande poeta já julgou pior outro poeta do que um leitor atento o julga! Se dúvidas tinha, dissiparam-se com a tua carta e o teu poema.

Outra das perguntas que pretendes ver respondida, acerca de mim, é a razão por que deixei de traduzir. Cesário, sem ter bem consciência do que se estava a passar, dei por mim a traduzir para além dos textos que traduzia, a acrescentar-lhes aquilo que julgava faltar, a emendar o que não gostava. As minhas traduções tornaram-se independentes dos originais. Dia a dia, perseguia essa longinquidade como se esse exercício me aproximasse de algo, um encontro inevitável com o exercício de desconhecer. Já não me importava a estrutura das línguas, quer do grego, quer do alemão, quer do português. Procurava uma concordância interna à revelia das suas estruturas. Não pensava em escrever, mas em desescrever, em mostrar a mim mesmo a vulnerabilidade das línguas. Por esta altura, compreendi que este processo é tão válido como qualquer outro mais literal, para um diálogo sério com o que já foi escrito. É muito simples, comecei a preferir a intimidade do entendimento em detrimento da história desse mesmo entendimento. Dos textos só me interessava o que podia ver para além deles, o que não era explicável ou justificável. Preocupava-me então com a divergência entre o íntimo e o público na estrutura de uma língua, a divergência que luz na consciência da própria linguagem neste abismo; a divergência entre criação artística e a sua falsidade ou ilusão de haver uma criação. Traduzir já não me interessa senão para compreender a elástica estrutura da língua e a sua permissividade criativa. As línguas aderiram de tal modo à minha alma que respondiam já em conformidade às minhas intenções, aos meus desejos, aos meus tormentos. E de uma língua para outra havia um ganho que só a minha alma compreendia, pela conformidade multilinguística que albergava. Escapava sempre algo à compreensão, tal como num poema. A rigidez das regras gramaticais e sintácticas era apenas a matéria onde algo muito menos rígido trabalhava, um pouco menos ainda do que a intuição. Era como se a minha alma tivesse adquirido uma forma própria, pessoal, onde essa matéria de regras fosse moldada. Um modo muito particular que me assustou, não eram raras as vezes em que a matéria se transformava por completo, como se de uma outra coisa se tratasse, e já não aquelas regras por mim sobejamente conhecidas. Aquilo que escrevia em português não encontrava paralelo no nosso português senão quando eu mesmo escrevia, muito menos, obviamente, era grego ou alemão. Todas estas regras seguiam uma outra regra que se incrustara em minha alma. Julgo que Agostinho d'Ornellas compreendeu, talvez até melhor do que eu mesmo, aquilo que tento explicar-te. Reconheço não ser nada fácil fazê-lo! Acaso a sintas, Cesário, a dificuldade não é só tua, também o visconde não compreendeu porque é que eu, conhecendo como conheço as regras em causa e seguindo-as há muito também com a intuição, não escutava isso mesmo, mas uma outra coisa, uma outra regra. Inicialmente até pensou que estava a tentar ser original, daquele modo imberbe que facilmente reconhecemos nos artistas menores. Mas não se tratava de nada disso. É que, de repente, era como se não conseguisse escutar a transformação de uma língua em outra senão deste modo particular. Se algum esforço havia de minha parte, era para retomar o sentido anterior, traduzir como sempre o fizera. Durante algum tempo, estabeleci uma comparação entre o que me estava a acontecer e aquilo que te acontece quando escreves os teus poemas. Pensei seriamente acerca disso e compreendi que havia, de facto, alguma coisa em comum. Enquanto que tu, através da matéria do real encontras aquilo que funda, sustenta esse mesmo real, eu, através das regras sintácticas e gramaticais de duas línguas distintas, encontrava aquilo que funda não as próprias regras, mas o que levou alguém a utilizá-las. Como se a poesia se debatesse com o sentido da vida e a tradução com o sentido da necessidade de compreensão. Não a compreensão filosófica, porque esta, enquanto busca todos os sentidos que originam a realidade ou, se preferires, o sentido que a origina, compromete-se de certo modo com a compreensibilidade da poesia. A compreensibilidade que tento explicar-te, a sua necessidade, é de outra ordem, trata-se daquilo que origina a fala, a linguagem; a necessidade que um homem tem de lançar a sua alma para outro. Evidentemente que podemos atribuir a perscrutação de tal necessidade à filosofia, mas julgo que só na actividade de tradução se pode encontrar profundamente este espanto, em nenhuma outra, Cesário. E faltou-me coragem, talento, muito talento para prosseguir aquilo que começava a entrever. O que pretendo dizer-te é que traduzir é muito mais do que apenas *traduzir*. Porque de outra coisa se não trata aqui senão de conhecimento. Através do teu poema, *O Sentimento dum Ocidental*, nós passamos a conhecer aquilo que funda as próprias coisas e as relações entre elas e as pessoas. Mas só porque conseguimos identificar os instrumentos que utilizas — sim, porque no poema até uns cabelos loiros são um instrumento — é que podemos vir a conhecer mais do que aquilo que já conhecíamos. E esse desconhecido é já novo conhecimento. É também assim a tradução. Quantas regras não precisei conhecer até ao esquecimento, de modo a ter em mim uma verdadeira língua apátrida que, como diria Agostinho d'Ornellas, fosse uma efectiva mediadora de dois interesses em conflito. Evidentemente, esta imagem do tradutor enquanto embaixador não anula a motivação de um interesse por parte deste, pelo contrário, do mesmo modo que uma verdadeira língua apátrida não quer dizer ausência de língua mãe, apenas a maturidade de quem já vive bem, separado dela. Não é assim também a poesia, viveres de tal modo uma emoção até ao ponto de a esqueceres, não completamente mas perfeitamente? O poema, tal como a tradução, é esse esquecimento que um dia foi mais até do que a própria vida. O amor entre duas línguas distintas, e a emoção que despertam, pode ser tão intenso como o amor e a emoção que desperta o confronto entre o mundo e a alma, ou entre o presente e o passado. E não é o amor uma tradução bem feita? Provavelmente, desculpando a hipérbole, tão difícil quanto um bom poema.

Não é já a própria língua uma tradução, pois que tenta por palavras mostrar outras entidades? Aqui, posso dar-te um exemplo, Cesário. A sombra é o efeito de transposição dos contornos de um corpo numa determinada superfície sob o efeito da luz, mas a linguagem adoptou este fenómeno físico nos sentidos metafísico, moral e artístico. Em sentido metafísico, a luz é a verdade que devemos perseguir num contínuo esforço de libertação das sombras da falsidade; em sentido moral, a luz é o bem que deve ser mantido em contraposição ao escuro do mal; em sentido artístico, as sombras são o fruto da luz. De propósito, introduzi expressões que alteram continuamente o desejo de tradução do sentido físico de sombra. Em cada tradução destes domínios da linguagem (metafísico, moral e artístico) há algo que se altera substancialmente. Na metafísica, a linguagem procura elucidar o sentido de inteligibilidade através do *sentido de ver* (que não é o sentido empírico da visão, embora dependa dele); na moral, a linguagem procura elucidar o sentido de *outro* através do sentido de autopreservação; na arte, a linguagem procura elucidar o sentido de criação através do sentido de florescimento. A todas estas tentativas de elucidação pelo meio da tradução é comum o sentido de luz, ou antes, de sol. A luz ou o sol são o que permite ver, o que permite a vida e o que a renova sempre.

Se nas linguagens metafísica e moral as sombras servem como possibilidade de acesso à luz e à distinção entre a origem do que ilumina e a recusa da própria iluminação, que é o modo como estas linguagens em última instância olham as sombras, na linguagem artística as sombras são a própria evidência da luz e os seus frutos *sombrios* distinguem-se das próprias sombras físicas enquanto frutos directos do sol sem interferência de nenhum objecto. Esta noção de sombra sem objecto é importante, pois é também daqui que as linguagens metafísica e moral retiram o sentido da sua dicotomia luz — sombra. Aliás, para a metafísica são os objectos as próprias sombras; para a moral a sombra é o mal, uma acção de costas viradas à luz ou ao bem, uma acção que esquece a necessidade do outro. A linguagem, ao traduzir o fenómeno físico da sombra, introduz uma alteração substancial: sol / luz / bem produzem o seu efeito sobre a inteligibilidade e esta reflecte a sua própria sombra no mundo, nas coisas, nos objectos, nas acções. Por conseguinte, a inteligibilidade pode duas coisas: decidir-se por se virar para o sol ou virar-se para a sua própria sombra, assim como quem fica de costas para a luz. Mas a arte vira-se para a luz e produz sombras, um contínuo olhar para os dois lados, como se não se decidisse. E esta indecisão, é sabido, não agrada às linguagens metafísica e moral. O modo como traduzimos um fenómeno físico, como o introduzimos na linguagem e nos seus diversos campos conceptuais, mostra, mais do que uma tradução, o seu tradutor. No fundo, a contingente relação entre a palavra e o homem.

Ler, meu Cesário, ler é o que me resta, e não é pouco se o souber fazer. Não me cansarei de repeti-lo, antes um bom leitor do que um mau poeta ou um mau tradutor. E, no tocante ao amor, para usar uma máxima do povo, antes só do que mal acompanhado. Pensa também assim, não penses em Luísa! Tens a melhor das companhias que um homem pode desejar, a poesia. Repete para ti mesmo, até que os oiças, estes teus versos:

Se eu não morresse, nunca! E eternamente
Buscasse e conseguisse a perfeição das cousas!
Esqueço-me a prever castíssimas esposas,
Que aninhem em mansões de vidro transparente!

Deixa que os dois últimos versos sejam apenas meus e faz continuamente por merecer os dois primeiros, Cesário. Repete-os inúmeras vezes, dentro de ti, quando caminhares pelo macadame nocturno de Lisboa, ou quando descansares sob as árvores dessa quinta, ou quando o rosto de Luísa se intrometer entre ti e o teu senso. A futura viscondessa seguirá a inevitabilidade dos seus serões de Gomes Leal e Guerra Junqueiro, continuando a julgar que falta chama aos teus poemas. Seguramente, não são esses dois versos que fazem de ti o grande poeta que és, a tua poesia vale muito mais, os teus poemas valem muito mais do que um par de versos isolados, mas se atentares fortemente neles, poderão salvar-te de futuros erros. Deixa que os erros fiquem pelo desejo, isso basta a um poeta.

Por fim, antes de terminar, vou responder-te à pergunta que me fazes, logo no início de tua carta, acerca da principal diferença, para mim, entre o poeta e o filósofo. Ambos, Cesário, estão para além da moralidade, para além da mentira. Mas enquanto o filósofo combate no território do erro, o poeta está além e aquém do erro e da mentira. O erro não é do plano da moralidade, mas do conhecimento, é tomar o que é acidental pelo essencial; julgar acerca de uma determinada coisa, não pelo que lhe dá o seu ser, mas pela sombra desse mesmo ser. Evidentemente, o domínio do estudo da filosofia é o da permanência, contrariamente ao da poesia. É porque algo permanece para além de todo o devir que é possível acedermos a um conhecimento das coisas, a um conhecimento daquilo que vai passando. Errar é fechar os olhos à luz da identidade, da permanência, em suma, do conhecimento; é, podemos dizê-lo, contrariar um facto, não um facto natural ou um facto de acção, mas um facto original, a origem do facto. Errar é aceder à facilidade das sombras. Para o filósofo, a mentira não é sombra de nada. A única sombra é não querer ver, isto é, querer esconder de si mesmo ou esforçar-se por um sistema que desculpe o esforço necessário de percorrer os trilhos lentos e difíceis que nos afastam do que parece ser mas não é. Para o filósofo, pelo menos desde Platão, todos os demais mortais desistem daquilo que verdadeiramente é em detrimento daquilo que parece ser. Em suma, habituam-se às sombras. Um ensaio não mostra tudo senão não é um ensaio, um poema não esconde tudo senão não é um poema, um tratado filosófico delimita o que tem de mostrar e nada fica escondido. Pelo menos é essa a sua pretensão, pois se algo ficar escondido pode ser entendido enquanto falha no esforço de clarificação, que para a filosofia é uma falha no esforço por se não habituar ao que parece ser. Mas antes de te mostrar o território do poeta, será necessário esclarecer um critério para distinguir entre uma mentira e um facto, entre um erro e um facto. Se o critério for puramente interno, podemos considerar facto aquilo que pode não passar de delírio, isto é, um facto sem correspondência no mundo. Se o critério for puramente externo, podemos considerar facto tudo aquilo que contrarie as leis da lógica, isto é, um facto sem correspondência no sujeito. No primeiro caso, qualquer *visão* seria um facto, enquanto no segundo todo o inexplicável também o seria. Um facto é aquilo que pode ser explicável e que acontece no mundo. Mentir é explicar o que não acontece no mundo, embora pudesse acontecer; errar é explicar o que acontece no mundo embora também possa não acontecer. Para o poeta não há factos contrários; não há mentira, não há erro. Todos os poemas são o contrário da mentira e do erro: aquilo que pode não ser explicável mas que acontece no mundo. Por conseguinte, o facto do poema é *ligeiramente* distinto do que atrás foi denominado facto: aquilo que pode ser explicável e que acontece no mundo. O facto do poema é um facto fátuo, um facto muito mais próximo da própria existência humana. Não é que a lógica seja de todo arrancada, o poema é acompanhado pela sua sombra. Pois, o verso é a sombra da palavra, um prego no coração da memória. A metafísica tenta elevar o homem a uma pura espiritualidade, a moral esforça-se por impedir o romance entre o homem e a natureza; e a poesia mostra o bem da metafísica, o mal necessário da moral e cai apaixonadamente nos braços da natureza. Como o visconde costuma dizer acerca da vida, Pedro Álvares Cabral partiu de Lisboa em direcção às Índias e perdeu-se nos caminhos marítimos, porém descobriu o Brasil, que dois séculos depois haveria de dar diamantes à coroa portuguesa. É, também assim, que tento ver a minha passada relação com Marie. Sem esse fracasso não te teria conhecido, não teria provavelmente descoberto algumas das coisas que te escrevo.

Resta-me, uma vez mais, desejar-te forças contra essa presente ausência de Luísa em tua alma, renovar o convite para que me visites, numa das tuas próximas passeatas com o Ramalho e felicitar-te sempre por este teu poema. Foi um dia inteiro a ter-te presente, um dia inteiro em que gostava de ter escrito mais do que posso, um dia em que se elogiou a vida acima da morte.

Sintra

11 de Outubro de 1880
Um abraço humanamente eterno do teu

Tiago da Silva Pereira

Natureza Morta

Em memória do Senhor António Rodrigues,
meu padrinho.

Às senhoras *Leonor Paixão* e *Maria Etelvina Santos.*
Aos senhores *António Marques* e *Pedro Paixão.*

Agradeço aos senhores Mário Marques e Rui José Carvalho. Agradeço ao livro de M.S. Kastner, *Três Compositores Lusitanos para Instrumentos de Tecla — Drei Lusitanische Komponisten für Tastaninstrumente*, editado pela Fundação Calouste Gulbenkian.

Em 1816, Portugal já não era um país. João sempre vivera dividido entre Paris, Londres e Lisboa, e há seis meses tornara-se-lhe evidente que gostava cada vez menos de si próprio. Haviam sido publicadas há um mês em Londres, na Clementi & Co., três sonatas dele para piano e violino. E aproximava-se agora de Braga com aquele mal-estar que assola a alma assim que uma obra deixa de pertencer ao seu criador. Por mais que lesse e relesse as partituras, achava sempre que faltava tanta coisa e havia outras tantas dispensáveis. Não compreendia como podia ter permitido tal publicação, como podia mesmo tê-la composto. Sim, aquilo não era dele, ele já não era aquilo, ainda que o seu amigo e também compositor Muzio Clementi, por quem tinha muita consideração musical, considerasse as sonatas uma obra-prima. Angustiavam-no as segundas maiores com que começava qualquer das três sonatas. E o problema intensificava-se por ignorar a origem dessa angústia. Uma segunda maior, tão sóbria, tão diatónica! Ele que se tinha dedicado à música precisamente pelo carácter moral desta; cedo reconheceu na poesia e na pintura baluartes da barbaridade que ainda habita os corações dos homens, contrariamente à música que, enquanto pura harmonia, expia todo e qualquer vestígio de maldade. A carruagem dirigia-se ao Mosteiro de Bouro, ia visitar o seu tio Manuel Leite Pereira, frade e mestre-de-capela. A última vez que se encontraram foi há mais de dois anos. Pensava em como o mundo muda tão depressa. Da última vez discutiram acerca do novo imperador e do que seria agora do mundo sob o despotismo francês. Mesmo vencidos por nós e pelos ingleses, em Portugal, Manuel temia uma nova carga francesa, temia aquilo que movia a França: a ambição sem Deus. Hoje, há já um ano que Napoleão foi derrotado em Waterloo. E continuam ainda a existir tantos outros perigos para o mundo, para a fé. Sentia falta do amparo do tio, esse bálsamo franciscano sem o qual a sua alma não podia passar. Relembrava a última carta, repetia-a dentro de si, mas não era a mesma coisa. Uma palavra sem voz é um cadáver, uma coisa triste. Foi por isso que Deus pôs a música no corpo dos homens. João chegava lírico como partira, embora mais amargo. Da última vez, chegou primeiro a Lisboa e só à partida passou pelo Bouro. Mas sentia-se cada vez mais cansado de Lisboa, dos homens, deste país. Aquilo que o afastou de Londres e que não o reteve muito ao passar em Paris foi Manuel e o mosteiro. Completaria a sete de Novembro quarenta e um anos e quis estar por esses dias com o seu tio, com o silêncio. A vida não lhe dera muitas tristezas, é certo, mas sentia agora um aperto agudo e forte por também lhe ter dado pouco. Talvez não merecesse mais do que teve, mais do que tinha, mas os anos, especialmente estes dois últimos, concederam forças aos fígados contra o senso. Paris aplaudiu-o, Londres consagrou-o. Não é qualquer sombra de insucesso que justifica o seu desamparo. Dói-lhe ter vencido! E essa palavra agora na sua boca, venci, só lhe causa tristeza. O que é que venci, meu Deus, o quê? Que provei eu que não pudesse ser provado, que fiz que não pudesse ser feito, que dei aos homens que não lhes tivesse já sido dado? Os três momentos mais importantes não tinham sido nenhuma das suas obras, sentia uma espécie de inspiração religiosa enquanto compunha, mas essa sensação desaparecia assim que terminava a obra. Recorda aos dez anos ter pela primeira vez conseguido tocar a *Arte da Fuga* de Bach, aos vinte ter substituído o pai como primeiro oboísta da Real Câmara e aos vinte e nove ter assistido à primeira execução do *Requiem* de Mozart, em Paris. Esses foram os seus momentos de vitória: dominar uma linguagem, igualar o pai, compreender um génio.

A notícia da morte do seu tio Manuel entorpeceu-lhe o corpo ainda mais do que o frio das serras próximas, das terras do Bouro e do Gerês. A primeira vez que ouvimos essas palavras, ele morreu, não compreendemos o que querem dizer. Não fazem sentido, não as conseguimos escutar, como se houvesse uma contradição nos termos. Podemos admitir que outros morram, mas não aquele que nos está próximo. Como é que o próximo se pode tornar no mais longínquo? O irmão Manuel morreu há quinze dias, não era audível, premia as teclas do piano e não soava nenhum som. Deixou-lhe uma pequena carta e uma partitura, continuava o frade, mas João escutava os lobos a anunciarem o início da noite e alguns tonéis empurrados pelos frades a rolarem na direcção da adega. A morte é a preferência de Deus, o privilégio do Seu chamamento, continua o frade. O silêncio de João aconselhou os frades a levarem-no para dentro. Deram-lhe água, depois licor de maçã. Não havia quaisquer sinais de reacção no rosto de João, o que levou o frade António a ordenar que fizessem que bebesse meio litro ou mais de aguardente de vinho verde e o deitassem. Amanhã, quando acordasse, já estaria em condições de reagir em conformidade à situação. Além de seu tio, irmão da sua mãe, Manuel fora um grande amigo de seu pai. João não acompanhava de todo o fervor religioso deles, mas também não se pode dizer que a amizade com Manuel fosse apenas música, era também o prolongamento do pai que morrera há já vinte anos. Enquanto lhe vertiam a aguardente garganta abaixo, lembrava a morte do pai, em Lisboa. Foram encontrá-lo no telhado da casa, inchado e gelado, após um ataque de coração. Deve ter ficado duas ou três horas, já morto, sem que lhe dessem pela falta. Era seu costume subir ao telhado ao fim da tarde, com o violino ou o oboé, para tocar avistando a Sé e o Tejo. Era já uma alma atormentada e melancólica. Quando o trouxeram para baixo estava irreconhecível. Tiveram dificuldade em lavá-lo e ainda mais em vesti-lo. Por esses anos, Manuel era mestre de órgão em Alcobaça. Dois dias depois estava em Lisboa a acompanhar a dor do filho da sua única irmã, também já morta, mas sem que chegasse a tempo de se despedir do seu amigo Francesco. Passava também pela memória de João o sofrimento de sua mãe, nos seus dois últimos anos de vida. Graves desarranjos intestinais tinham-na atirado para a cama num sofrimento difícil de ser presenciado por um rapaz de doze anos. Lembrava os gritos agudos de sua mãe noites inteiras, o mau cheiro à porta do quarto devido aos excrementos que o corpo não retinha nem controlava, principalmente no último ano de vida, as lágrimas do pai, o contraste suave da música, o desespero dos seus ouvidos, divididos entre a paz e a culpa. Escondia-se das palavras, na música, durante todo o dia. Por isso, o sofrimento humano ficou-lhe sempre ligado aos prelúdios e fugas de Bach, que lia e tocava constantemente para equilibrar o mal do mundo. Muitas vezes pensou seguir o tio, entregar-se a Deus e à música, viver apenas para o apaziguamento da alma. Mas nunca conseguiu abandonar o pai, os seus ensinamentos, principalmente o piano. Estudava de manhã, na Sé, Cantochão e Contraponto, de tarde Canto de Órgão e Composição. Quando regressava da Sé, esperava-o o pai para o ensino do piano, do violino, do violoncelo e do oboé. Já ia preferindo as adaptações que fazia de Bach para piano a tangê-lo no órgão ou no cravo, estimulado pelos incentivos e ajudas do pai, que não agradavam em nada ao tio. A aguardente continuava a escorrer como se não o atingisse. De repente sorriu, caindo depois sobre a mesa.

Na manhã seguinte, João perscrutou a partitura que o tio lhe deixara: *Obra de Primeiro Tom sobre a Salve Regina*, de Pedro de Araújo. Agregados à partitura encontravam-se alguns dados sobre o autor, mestre de coro e professor de música no Seminário Conciliar de Braga, durante os anos de 1662 a 1668. João já ouvira falar deste grande mestre do órgão, mas nunca encontrara ou escutara qualquer trecho seu. Em Lisboa, os grandes mestres portugueses do órgão conhecidos eram o António Carreira que, juntamente com o alemão Johannes Brumann, foi organista da Capela Real de Lisboa em meados do século XVI, mais tarde nomeado mestre de capela quando D. Sebastião iniciou o seu reinado, e o Padre Manuel Rodrigues Coelho, nascido em Elvas mas exercendo a sua actividade deorganista entre o Palácio dos Duques de Bragança, em Vila Viçosa, e as Catedrais de Elvas e Badajoz, acabando também ele por vir a ser um dos organistas da Capela Real, no início de 1604, ao que se conta. De Pedro de Araújo, o que se sabia pertencia quase ao foro da lenda. Esta *Obra* de cento e dezanove compassos havia sido copiada pelo seu próprio tio de modo a deixar-lha como herança. A única herança que te faz realmente falta, escreveu na carta, talvez a inspiração que tanto procuras no estrangeiro esteja aqui no Mosteiro de Bouro, esta *Obra* que saiu do silêncio pela primeira vez há mais de cento e cinquenta anos, precisamente no berço de Portugal, nestas terras de Braga. Havia estudado na sua juventude um tento do mestre espanhol Antonio de Cabezón e outro ainda de um outro mestre espanhol, Sebastián Aguilera de Heredia, também sobre o tema *Salve solemne,* ambos precisamente com o mesmo início que agora lia em Pedro de Araújo: a segunda menor, o compromisso cromático e concomitante fuga ao diatonismo. E o início em todas essas três composições era precisamente lá-sol#-lá enquanto dominante de ré-dó#-ré, ao invés do comum lá-sol-lá e ré-dó-ré. Outras das semelhanças entre os três mestres era a frequência do intervalo de quarta diminuta. Em Pedro de Araújo, logo após os três primeiros compassos, a cabeça do tema, lá-sol#-lá, surgem nos três compassos subsequentes quatro quartas diminutas, efeito que percorrerá a composição, assim como a dos mestres espanhóis. Mas depressa João percebeu a diferença de Araújo em relação aos outros dois: a omnipresença do cromatismo da cabeça do tema ao longo de toda a composição, a segunda menor, contrariamente aos mestres espanhóis que rapidamente punham, no decorrer da peça, a cabeça do tema em formato diatónico, em segunda maior. Ocupou toda a manhã na leitura da partitura. Impressionante! Não lhe encontro resquícios de retórica barroca, de maneirismo, apenas música, profunda. Durante a tarde experimentou tocá-la no órgão e comprovou que a impressão de manhã estava certa, como um poeta ao escutar um poema seu em voz alta. Passou a noite lendo as restantes partituras de Araújo, que se encontravam depositadas no mosteiro, mas não encontrou mais nenhuma que se comparasse à que o tio lhe havia deixado. Era tudo música de talento, de muito talento, mas só isso.

A morte sempre lhe trouxera vantagens. Quando a mãe morreu, o pai, de modo a compensá-lo, mandara vir de Leipzig as partituras das *Variações Goldberg* e as *Suítes Inglesas*, de Bach. Quando morreu o pai, foi convidado a substituí-lo como primeiro oboísta da Real Câmara. Agora era a vez de a música o compensar da morte do tio, pondo em suas mãos uma pérola da composição universal. Sempre temeu a chegada desta hora. O completo abandono. Ele e o mundo. Todo o terror da expectativa e do desamparo nessa expectativa. Nem as mortes da mãe e do pai o haviam confrontado com tamanho desconcerto. Viviam ainda em meu tio o rosto de minha mãe, o amparo harmónico de meu pai. Agora, nada. Pó. Finalmente o pó face a face, como temi pela primeira vez nas noites de gemido agonizantes de minha mãe. E Deus sempre foi para mim uma comunhão com o meu tio, não verdadeiramente um Senhor, apenas o fundamento dessa vida que encarnava as vidas que me tinham sido importantes. Talvez tenha sido muito cedo confrontado com a morte ou, pelo contrário, tenha facilmente encontrado conforto nas partituras, não sei, mas Deus nunca chegou a reinar-me na alma verdadeiramente. Havia um ou outro interesse, uma ou outra promessa, coisas de criança, de jovem apaixonado e duvidoso do seu talento. Nada de sério. Nem mesmo quando pensava em seguir os passos do meu tio Manuel. Havia um secreto desejo de vingança do mundo, de Deus, dos homens. Vingança do sofrimento de minha mãe e do meu próprio sofrimento, da minha perda, da memória repleta de gritos de dor. Tão-pouco quis ser Deus, quis ser Bach. Ele e o meu tio foram o mais próximo que estive do Senhor. Sinto que gosto cada vez menos de mim mesmo. Este peso enorme de ser homem, esta tristeza de poder ser somente música. O terror diante da cara. Sei agora que nunca consegui abandonar Bach, os seus prelúdios, as suas fugas, as suítes, as variações. Fui um homem da proximidade apenas, dos homens e de Deus. Sem ele e sem mais nenhum corpo ligado a mim, tenho de compor contra Bach, contra a sua harmonia, contra o silêncio e o apaziguamento. É chegada a altura de viver entre homens, entre a humanidade-pó das cidades. Assumir o morto-vivo que sou, compor a serviço do terror. O pó. A mãe, o sofrimento, a vida gasta em pequenas coisas, em nadas, cuidados de dia a dia, depois a morte em agonia pela noite. Esperou o marido, escutava-o, educou o filho, levou-o a primeira vez à lição de música, na Sé, entregou-o ao cuidado do frei Quaresma. Visitava também a sua mãe todos os dias, e quando esta adoeceu levou-a para sua casa. Lavava-a, dava-lhe a comida à boca, vestia-a, não queria ninguém a fazê-lo. Entristecia pelas cadeiras, por vezes João ia dar com ela a chorar. Era o pó. O maldito a infiltrar-se nos pulmões, na alma, a infiltrar-se na vida.

Minha mãe viveu por tão pouco. Viveu por mim, pelo marido, por uma qualquer esperança de redenção do mundo, da sua própria vida. Vida calada, sofrida por um dia ter pecado. E pecou tão pouco. Apenas a luz que deu à sua carne. Que pensaria de mim, quando escutava estes dedos sobre o piano? Pensaria em Deus ou em Bach? Meu pai sempre desejou para mim o que já antes havia desejado para si. Teria sido tão importante ver-me compor. Sentir que havia alguma coisa dele que se prolongaria nos ouvidos do tempo. Foram muitas horas de ensino, sem regatear quaisquer esforços. Acompanhou os meus avanços, tocou comigo a segunda parte do *Cravo bem Temperado,* resolveu dúvidas contrapontísticas, cantámos e tocámos muitas vezes o *Hallelujah* de Händel. Entristeceu muito com a morte da mulher. Para além do dever, a Deus e ao rei, a sua vida era a Teresa e o João. Teresa fora mais que uma mulher para ele, fora cúmplice nas suas ambições de execução, nos seus sonhos de composição. Francesco sofria menos do que Teresa, embora fosse de uma natureza mais sensível. Sofria como um cão de caça, não como um animal de carga. Sempre muito exposto às variabilidades da atenção dos seus para consigo. Manuel esteve sempre na memória de João como aquele que realizou a melhor execução que jamais presenciara em cravo sobre as *Variações Goldberg,* precisamente essa obra de Bach que a poucos interessava. Tinha sete anos e nunca a esqueceu. Voltou a ouvi-lo tocar muitas vezes mais e os anos não lhe mudaram o juízo. Dizia com orgulho que o melhor intérprete dessa obra de Bach era o frei Manuel Leite Pereira, seu tio, e a música de Scarlatti também ninguém interpreta melhor do que ele, acrescentava. Também nunca ninguém pôde apurar do exagero ou não das suas palavras. O tio tinha já assumido o cargo de mestre-de-capela no Mosteiro de Bouro. Quando escrevia queixava-se do frio e repetia convites para que João o visitasse, conhecesse o órgão e o auxiliasse na ordenação do espólio musical ali depositado. Havia sempre perguntas técnicas na volta das cartas a Braga. João não desejava que Manuel saísse contrafeito naquela que era a sua arte. Muitas vezes perguntava sabendo já a resposta. A tua morte deixa-me imensas perguntas. De todos os que conheci, foste quem mais se aproximou da felicidade. Sem mulher, sem filho, sem nada que deixar senão a cópia de uma partitura genial de Pedro de Araújo. Só tocava pelo prazer de tocar, sem nenhuma outra ambição. Nada te mordia, Manuel, nada te atormentava a alma. De certo modo, sempre foste mais passado do que homem. A tua actividade de mestre-de-capela e a paixão pelo órgão nunca foram deste tempo. E sabes muito bem que é o piano que me apaixona, não o órgão; a sonata, não os tentos e as fantasias. Aperfeiçoei-me bastante na composição da sonata nestes últimos anos em Londres, com Muzio Clementi, mas, ainda que muito lhe aprecie a perícia de composição, a sua frieza não me agrada, tio. Há demasiada ciência em Clementi, demasiado rigor. Sinto tanta pena por não poderes ouvir os bons efeitos que consegui nestas últimas três sonatas. João conseguia perceber agora o quanto ainda faltava de emoção à sua arte. Por fim afastou-se do túmulo do tio.

A chuva cai na janela e a água dificulta-lhe a percepção dos movimentos do cão lá fora, tentando abrigar-se da desventura em que se encontra. Um homem ao sair de casa, furioso com a necessidade que faz ter de ir para a rua neste domingo à tarde, pontapeia a criatura e vocifera impropérios. O cão gane e afasta-se com o rabo entre as pernas. Está encharcado, treme. É uma vida triste. A fome deve acompanhá-lo como a música me acompanha, sempre. O homem aproxima-se novamente do cão e torna a pontapeá-lo. A criatura sente-se incrédula mas conformada. Embora não espere nada de bom, o cansaço impede-a de se afastar. Encolhe-se e gane pelos golpes sofridos. Uma mulher vem à porta perguntar o que se passa, que o marido não se resolve a partir. Vai-te lá embora, diz para o homem, e enxota o cão. João deixa de ver o animal e olha a mesa coberta de partituras. Chegou de manhã a casa. Teve apenas tempo de desfazer as malas, lavar-se e comer. O desespero daquela criatura foi a primeira cena que pôde presenciar no regresso à sua Lisboa. A vida teima em entrar-lhe pela alma dentro. Desde Braga que não viu senão miséria pelas estradas tormentosas do reino de João VI. Realmente, isto já não é um reino. Fomos saqueados por toda a Europa, dos espanhóis aos ingleses, passando pelos franceses, e é tanta a miséria, é tanta a ignorância que ainda agradecemos. Esta raiva surda contra o estado de coisas crescia-lhe dia a dia, desde a morte do tio. Não deixava de sentir culpa por ter precisado dos estrangeiros para lhe reconhecerem o talento. Aliás, nos últimos quinze anos passou quase todo o tempo fora de Portugal. A música, sempre a música primeiro do que tudo. Primeiro do que a vida, do que a política, primeiro até do que a morte que assolou não só a sua vida, mas também ainda assola o país. A ruína dos mendigos ao longo das estradas, junto às estalagens nem português falavam, nada. Mas é aos molhos, é a realidade. Lisboa é suja, é má. Tem medo que lhe tirem o pouco que ainda vai tendo, protege-se. A pobreza, a ignorância, a humilhação, são o diabo. Jesus sempre o soube, por isso tentou invertê-lo com palavras. É-me tão difícil pensar que Jesus gostasse de música. Nunca cheguei a dizê-lo a Manuel, mas estou cada vez mais convicto do seu mau ouvido para a música. Não a odiava, mas também não lhe tinha amor. Tinha seguramente amor ao homem que a tocava, se o visse ou pensasse nele, mas não à música. Jesus deve ter tido muitas dúvidas acerca do benefício dela para a humanidade. Por ironia, a melhor das músicas foi feita para ele. Ainda se faz. Mas a mendicidade está em todo o lado. Habita não só as ruas mas as nossas próprias casas. Habita-nos as próprias almas. Debruçamo-nos despudoradamente sobre um qualquer interesse mesquinho, sobre todas as distracções do mundo. Debruçamo-nos sobre a cegueira. Não ver é um prazer enorme. Lisboa é suja, é má. Da sua casa, João vê espinhas de peixe atiradas através de uma janela, lá em baixo. Ouve gritos imundos lançados à cara uns dos outros. Tudo se suja, tudo se maltrata. Não ver foi um prazer enorme, compreende agora. Tem a alma perdida, vibra em desacordo com os actos do povo, das gentes, os actos do mundo. Que Deus me perdoe, mas grande terá de ser a culpa de um rei, dos reis, a culpa de qualquer poder. A chuva continua a cair, há novo lixo a sujar as ruas, outras vítimas de maus-tratos. Olha a mesa coberta de partituras. A música já não preenche por inteiro a sua alma. A maior angústia já não é uma segunda maior. Deus me perdoe, se Lhe devo o talento, mas a música pode ser um erro. Tão grande como o mundo, Deus. O cansaço é fácil. Os nervos distendem-se ao limite da insuportabilidade do exterior, à ruptura com o próprio interior, com o Eu. A loucura é uma brisa doce, um amor para sempre. Não é coisa de homens. O destino imediato de João é suportar a depressão, tem a sensibilidade estragada, perdeu a capacidade de indiferença necessária à sobrevivência. A luz enfraquece. Senta-se ao piano, procura refúgio na *Suíte Número 3 em Sol Menor*, das *Suítes Inglesas*, de Bach. Tocou o prelúdio. Três minutos de felicidade. Continuou com a alemanda e a corrente. Mais três minutos sem a presença do mundo. Ao tocar a sarabanda entristeceu. É, na *Suíte,* o momento em que a alma encontra o mundo. O preço que o homem paga pela felicidade anterior: a tristeza. Depois dela, do encontro com o mundo, a realidade da contingência da alma, vêm duas gaivotas. Mais dois minutos. O momento em que, depois da tomada de consciência da adversidade da existência, o homem cai na embriaguez da diversão; e diz, é aquilo que se leva desta vida. Em suma, a resignação em que muitos ficam. Por fim, dois minutos de sabedoria, a jiga. Não há aqui nenhuma mácula, nem de ingenuidade, nem de tristeza, nem de resignação. Esta fuga é a maturidade da reflexão, a reconciliação com o mundo e a imposição que o homem lhe faz de algumas condições da alma. Longe da sabedoria, a vida de João encontra-se precisamente entre a sarabanda e as outras danças, alhures entre a tristeza e a resignação. Tenho de reconhecer que sou um homem de sorte. Sei onde encontrar em mim treze minutos de felicidade. O tempo de tocar ao piano a *Suíte em Sol Menor*, de Bach. Treze minutos em que vamos de Deus ao homem, do paraíso ao conhecimento, caminhando pela tristeza e pela resignação. Em nenhuma outra suíte conseguimos ter esta impressão. A maior extensão de todas as outras suítes não o permite. Mas é preciso matar em nós esta visão sincrética da existência humana. É preciso matar Bach. É preciso compor segundo o horror. A música tem de aproximar-se da pintura e da poesia. Tem de ser mais bárbara.

Na manhã de segunda-feira, tocou pela primeira vez ao piano a peça de Pedro de Araújo, que seu tio lhe deixara. Passou todo o tempo até ao almoço a adaptá-la aos efeitos do piano. Não se apercebera sequer das condições meteorológicas lá fora, embora tivesse reparado que estava escuro. Provavelmente chovia. Mas não era certo. Arrefecera de ontem para hoje, isto sim, é certo, sente-se cá dentro. Almoçou sozinho. O silêncio permitiu que perscrutasse melhor o cadáver do robalo que tinha à sua frente. A boca levemente entreaberta, o corpo reteso, os olhos vivos de morte lenta, distante, como se ainda pensasse na injustiça fora das águas. Separou-lhe a cabeça do corpo, depois abriu-o ao meio, puxou-lhe a espinha. Ali estava a criatura toda desmembrada, apenas dois lombos, já só prazer humano. Derramou-lhe em cima dois leves fios de azeite. A primeira investida do garfo e o vinho a concordar, a corroborar a morte e o prazer que se iniciava logo junto aos lábios. A degustação da refeição aumenta com a aniquilação da forma do peixe. Uma véspera de Natal, o galo a correr sem cabeça pela cozinha, a fugir dos criados. Depois, à mesa, a coxa, que sempre gostara de comer, lembrava-lhe o animal a esvair-se tortuosamente em sangue. A carne assumia agora, através da sua forma, a representação da agonia, o absurdo do sofrimento que o animal sentira. A compreensão de qualquer forma retira prazer ao objecto que se aprecia, pensou. Não, só a compreensão de uma forma morta. Compreender a forma da morte é que causa desprazer, não a morte ou a forma tomadas isoladamente. Parecia-lhe evidente, pois desde o dia do galo que só comia aves se a carne servida viesse desfiada. Com o peixe tinha ainda a capacidade de fazer ele mesmo essa operação. Mas, se não estivesse à mesa, apreciava muito ver um peixe morto e ainda cru. Parecia existir mais perfeição agora do que quando, logo após ter sido pescado, ainda se mexia, se retorcia em busca da vida que sentia fugir-lhe. Percebeu então que a segunda menor representava o sangue espalhado pelo branco das paredes da cozinha, pelas estradas empoeiradas. Representava a menor variação possível na escala entre a vida e a morte. O mistério.

Demora muito tempo a encontrar os pais. E só raras vezes os encontramos vivos. O quadro que os representa, pintado por um italiano conterrâneo do pai — João devia andar pelos cinco anos —, encontra-se pendurado numa das paredes da sala de jantar, precisamente à esquerda da cabeça da mesa, onde costumo tomar as refeições. Os semblantes sérios, mas sem serem carregados. A mãe sentada, a mão sobre o braço da cadeira, levemente reclinada à direita e o vestido cor de pérola recebendo os cabelos negros e encaracolados. O pai, de pé com a mão sobre a mão da mãe, de negro com virados de renda branca e a tez do Sul de Itália. O rosto arredondado de João e os cabelos encaracolados denunciavam parecenças evidentes com a mãe. O único traço do pai, que não na alma, era sem dúvida o nariz. O silêncio do olhar, o vazio da casa, o abandono aos pensamentos. O despertar constante das dores mais longínquas, dos obstáculos que os gestos mínimos trazem. O modo como a mãe dobrava o guardanapo no final da refeição, tão diferente do modo como o pai fazia. Era este que servia o vinho, sempre com um comentário e um olhar na minha direcção, desde que comecei a poder bebê--lo. Quando passava para a sala do piano a mãe punha-se muito atenta a escutar, por vezes cantava. Uma voz linda de contralto. Em miúdo, costumava haver muitas visitas, festas. Infelizmente tinha de se recolher cedo, poucas vezes jantei socialmente com a minha mãe. Havia uma criada septuagenária que, após a morte de sua mãe, costumava deixar-lhe de quando em quando um rato morto debaixo da cama, durante a noite. Ajuda a aliviar as febres da pobre criança, dizia à cozinheira, e não te preocupes com as formigas, faço uma roda com alho à volta do bicho, nada se aproxima; acredita que dentro de dias já ele dorme bem, basta um bicho desses duas vezes por semana e o diabo da morte foge logo; é preciso é não lhe mostrar medo. Mas é precisamente o medo que causa os maiores disparates, cria discursos absurdos, vozes inócuas. A criada havia de morrer antes de morrer a morte de minha mãe. Da verde e leitosa morte que queima os lábios e incendeia as carnes que os envolvem, morte como um figo jovem sobre o rosto. Não a morte que depois, madura, atrai formigas eternamente em nossas almas. O tio queima-lhe agora as carnes três vezes. É uma dor de formigas vermelhas das colónias e leite muito verde. Havia também um quadro a representar Manuel, na outra sala por cima do piano. De pé junto ao órgão de Alcobaça, cabelos grisalhos, batina e crucifixo. Tinha uns olhos azuis que não se sabia de onde. Talvez da fé. Pediu que lhe trouxessem um Porto, ali à mesa das partituras, onde se preparava para se sentar. Era evidente que gostava cada vez menos de si próprio.

Resolveu sair. Dirigia-se a casa do desembargador Francisco Duarte Coelho. Homem mais velho, muito apreciador das artes da música, e com quem estabelecera amizade nos anos subsequentes à morte do pai. Duarte Coelho assistira tragicamente à morte da Nação e à morte de um filho, num intervalo de dois anos. No final da Primavera de 1808, fora obrigado a traduzir, de modo a ser publicado em todo o país, o Código Civil de Napoleão Bonaparte. E custou-lhe muito ter de pôr em português a regência francesa. Mais tarde, a dez de Outubro de 1810, o seu único filho varão haveria de morrer na frente das Linhas de Torres Vedras ao lado do general e seu amigo Bacelar, contribuindo para a grande vitória do exército anglo-português comandado por Wellington. No dia em que se iniciou a derrocada francesa, que fora liderada agora nesta terceira e última invasão por Massena, iniciou-se também a irreversibilidade do infortúnio de Francisco. Mas, meses antes, já Duarte Coelho sofrera com o tratado de comércio anglo-português, assinado pelo Governo do Rio em 19 de Fevereiro, e que atribuía um autêntico monopólio aos Ingleses. Porque a verdade é que, além de vassalo de Napoleão, através da figura de Junot em Lisboa, Portugal era agora uma colónia brasileira. E, depois da expulsão dos Franceses, além de continuarmos como colónia do Brasil, podemos dizer que na metrópole também pouco ou nada se alterou, porque Junot deu lugar a Beresford: um general francês substituído por um marechal inglês. Claro que a Inglaterra não desejava dividir Portugal em três reinos, como a França pensou fazer, apenas explorá-lo comercialmente o máximo que pudesse. Fazer de Portugal o que é hoje, um cão de rua que não espera nada de bom, apenas subsídios ingleses para abatermos portos e barcos, mortes com que fingimos saciar-nos. Enquanto em Portugal tudo isto se passava, recebia em França os aplausos de Paris. A minha música agradava. Tanto que no final do ano 10 resolveu partir para Londres, e não foram só conjecturas políticas que o fizeram tomar essa decisão. Evidentemente, os Ingleses precisavam mais dos Portugueses, entre outras coisas dos seus portos, e Napoleão começava a não achar muita graça à resistência portuguesa contra a França e ao colaboracionismo com os Ingleses. Só que, enquanto pensava em todas estas coisas, João reconhecia que foram sempre questões estéticas que fundamentaram as decisões tomadas, tanto na partida para Paris quanto na partida para Londres. E fui sempre muito prudente na escolha do melhor momento, tanto para sair de Lisboa quanto de Paris e até recentemente de Londres. O que impulsionou a sua ida para Paris foi sobretudo a necessidade de ser reconhecido numa grande cidade europeia. Já a ida para Londres teve como causa de primeira ordem o aperfeiçoamento da composição da sonata com Muzio Clementi. Escusava de estar agora a arranjar argumentos para uma ausência de quinze anos do país, no preciso momento em que aqueles de quem ele não gostava trabalhavam para que Portugal deixasse de ser país. Mas João costumava dizer a si mesmo que a sua ausência era justificada pela grande importância, para Portugal, de ver a sua música consagrada nos melhores palcos estrangeiros. Estes anos todos fora do país doíam-lhe muito. Era outra morte. Dirigia-me a casa de Francisco. Custa-me muito andar pelas ruas da cidade. Quando saí de Lisboa para Paris, em 1801, na primeira quinzena de Outubro, dias depois da ratificação do tratado de paz com França, em Madrid, Portugal prosperava. O saldo da balança comercial para com as outras nações era muito positivo, mesmo para com a Inglaterra. Mas vejo agora Lisboa semelhante aos arrabaldes da cidade do tempo em que tinha dez ou onze anos, e às estradas de hoje, nos reinos de Portugal e Espanha. Foi uma viagem que fez para Sintra com o pai, pelos anos 86 ou 87. Era a primeira vez que passava as portas de Lisboa e ficou muito impressionado com o lixo e a miséria. Sob raquíticas oliveiras cinzentas e laranjeiras empoeiradas, encontravam-se depósitos de infortúnio. Farrapos, ferros enferrujados, pessoas sujas, madeiras apodrecidas, ossos, chinelos esmifrados, e bandos de cães sanguinários e famintos como pessoas sujas. Treze anos mais tarde, na primeira viagem de regresso a Lisboa, em 14, reencontrou-se com essa imagem da infância, pelas estradas da Península. A guerra, a grande casa da Europa; e o seu bastardo, a ruína das gentes. E o filho dessa puta habita agora o coração de Lisboa. Por toda a Alfama vemos gatos mortos. Cheiros nauseabundos que alimentam os muitos cães que sitiam a cidade, que a invadem. Os gatos matam as enormes ratazanas que sobem do rio, os cães matam os gatos debruçados sobre a fome, os homens matam os cães e as ratazanas matam os mendigos. Por vezes os bêbados também se matam entre eles, por um pouco mais de vinho ou apenas por cansaço de tudo o que se passa à sua volta e dentro deles mesmos. E há uma tão grande rivalidade de fome e de orgulho entre as diversas aldeias que compõem a cidade, que não raros são os assaltos e crimes violentos entre os seus aldeões urbanos.

Fosse como fosse, não podia deixar de ser português. É um cheiro etéreo a passado que nos acompanha toda a vida. Preferiu não jantar em casa de Francisco, embora tenha sido recebido com as mesmas alegria e pompa de sempre. João Domingos Bomtempo, seu Camões do piano, dos violinos e dos oboés, para quando uma ópera ou sinfonia, uns Lusíadas, homem? O elogio era sincero, a comparação exagerada e a ópera não interessa a João. Encontrou Francisco muito abatido, apesar da efusividade de anfitrião e amigo. Nunca mais foi o mesmo depois da morte do filho. A política já lhe interessa muito pouco, embora alguns amigos o venham mantendo informado acerca do que vai acontecendo, mais do que ele desejaria. Afastou-se pouco a pouco dos negócios e só a música recebe alguma verdadeira atenção. Apesar de dorido, o seu patriotismo mantém-se intacto, pediu que João tocasse no cravo a sua sonata preferida de Carlos Seixas, em ré menor. O *allegro* bastante marcado, forte e engenhoso, o *adagio* lembrando de muito perto o tema das *Variações Goldberg*, sugerindo indecisões, dependências sem fundamento, embora Seixas nunca tenha tido acesso a esta obra de Bach, obviamente, e o minuete é já o saudosismo português de outras eras. É assim que o amigo ouve a sonata: Afonso Henriques em diante, Alcácer Quibir até à Restauração e o minuete. Tive de tocá-la duas vezes. Francisco prometeu visitá-lo ainda esta semana para escutar as suas sonatas inglesas.

A noite intensifica a ruína. As mortes confundem-se com o escuro, com o silêncio, com ausência de uma voz humana por perto. E a chuva é um facto que traz de novo a morte da mãe, a morte do tio, a morte do pai, a morte do filho de Francisco, a morte do país. A mãe exposta à primeira intempérie desde que desceu à terra. O pranto, a aflição de lhe querer valer, levar-lhe um agasalho, construir um tecto sobre a campa. Estava quase a fazer treze anos e a mãe na rua, à chuva, ao vento, ao frio, à morte. A cama doía-lhe, as mantas pesavam-lhe coisas que nem sabia. O medo de compreender que não compreende nada. A noite. Nenhum som lhe valia. Nem a voz gritava. Rasgava tudo no estômago. A morte de Manuel abriu de novo o medo. Abriu-me de novo a vida. Acabou por não jantar. Não comeu nada. Sentou-se ao piano, debruçado sobre a compreensão da segunda menor, a mais ínfima intermitência entre a vida e a morte, como havia reconhecido ao almoço. Passou pelo menos duas horas nisto. Quando o criado entrou e perguntou se ainda ia precisar dele — ao que respondeu que não, já se podia ir deitar — é que me apercebi de já haver muitas horas que não comia nada. Sempre que se esquecia de comer, o espírito traía-o com repetibilidades mecânicas, tanto na música quanto na vida. Poderia muito bem estar mais uma ou duas horas à procura de entender sabe-se lá o quê, sem muito discernimento, sem chegar sequer à razão do que me levara a começar. As ideias rodavam, rodavam sempre em torno do mesmo, atraídas por esse redemoinho estéril e obsessivo, uma espécie de encantamento. O meu organismo não suporta muitas horas sem alimento. E mais do que o corpo é o espírito que se ressente. As vozes são apreendidas como se fossem uma outra qualquer realidade distinta da do uso comum. Uma espécie de pânico suave. Suave porque a vida não está em risco, apenas a percepção do mundo. Com a música torna-se mais grave, já que me habituei a viver com bengala de compositor. Quando a percepção da harmonia é quase completamente destruída, o que por um instante fica evidente é a incapacidade de continuar a viver, a compor. As ideias rodam, rodam sempre em torno do mesmo. Não posso viver sem comer. É uma falha no sistema da minha existência, tenho de reconhecer. Será que Bach também comia?

A noite. É tão difícil perdoar. Como é que se pode pôr coragem numa vontade, carinho num coração, sabedoria numa existência? E é um poder tão grande o esquecimento. Em pequeno, quando ouviu pela primeira vez falar de felicidade, o único modo de traduzir — de entender — esse conceito foi pensar que não se lembrava de uma falta cometida. Pesava-me um carrilhão partido ao violino do meu pai. Quando deu com aquilo partido, Francesco perguntou ao filho se havia mexido no violino. Disse-lhe que não. A mentira atormentava-me. Não consegui dizer a verdade nem esquecer a mentira. Foi assim que compreendi a felicidade. Esquecer completamente que havia partido o violino do meu pai, que lhe havia mentido. A felicidade era viver de novo como até aí, viver sem culpa. Perdoar é muito pior. É conseguir ser feliz de novo, disse-me meu tio. A proximidade da morte distorce qualquer acto praticado contra nós. Tudo perde o devido valor que tinha antes. Que importância podem ter as calúnias acerca de nós que alguém vai polvilhando pela cidade, perante a morte de uma mãe? Mas como não vivemos usualmente próximos da morte, é precisamente nessa distância maior que temos de medir os actos dos outros. É tão fácil perdoar quando estamos embriagados de luto. Temos de nos afastar um pouco da cova, para exercer o perdão. Também é igualmente fácil perdoar no auge de qualquer tipo de sucesso. Quando o mundo expressa o seu gosto por nós, sentimos que também devemos retribuir-lhe alguma coisa. Nesse momento, nada nos parece mais equilibrante do que perdoar a quem nos ofendeu. Se o perdão é um gesto de vivos, é igualmente um gesto lúcido. Não se compadece de excessos nem de vida nem de morte. Perdoar é realmente uma coisa muito estranha de se pedir a um homem. Sentia-me como se tivesse de perdoar a Deus e ao mundo. Foi com dificuldade que adormeceu. A manhã mantinha-se escura, mas não chovia. À janela do quarto olhava mais para dentro de si do que para a rua. O medo de ser sozinho alastrava. A morte cercava a casa com o seu exército. Dispunha o tédio nas traseiras, a tristeza na porta da frente e tinha ainda o cuidado de rondá-la com a vergonha, a desgraça e o desespero. Deus meu, não afastes já o fogo do amor que pode manter em respeito tais feras! E este amor não quer corações, quer ouvidos, muitos ouvidos de mãos bondosas. Temia uma amargura que lhe impedisse os sons. Temia um excesso de comunhão com a realidade. Uma forte geada na alma, o rancor, podia realmente destruir a vontade de criar.

Era noite, era dia, era dor. O homem levanta-se para um piano, enfrenta a morte com sons. Enquanto morre, varre do mundo o mundo. Foram pelo menos quinze dias sem sair de casa. Toquei para encontrar Deus. Não pensava em compor, não pensava em mim, nas minhas dúvidas. Era preciso primeiro saber de Deus. O que será da música sem Ele? O amor, ainda que existisse, não era visível. Bastava olhar. Bastava debruçarmo-nos sobre a própria intimidade. Não havia senão rancor, ódio. E, em alguns, uma vontade de regressar a um tempo que nunca existiu. Regressar à palavra, a um som puro. As mãos nem sempre chegam para o pensamento. E por mais instrumentos novos que se construam, haverá sempre desejos por satisfazer, medos por clarificar, sons que se não vêem. O abismo de criar, de viver, de suportar a dor, a morte que nos bebe licorosamente. E estar só, ser só é tão contrário a Jesus, meu Deus. Teu filho nunca soube o que era a morte, o que era verdadeiramente morrer. Morreu jovem, teve mãe e pai a enterrá-lo, e seu pai Deus que o ressuscitou. Sequer um amor traiçoeiro, ambição por dinheiro ou por belo, nada. Uma carruagem passa lá em baixo na rua, e o fá sustenido do trepidar das rodas provoca uma pronta resposta, em fá natural, por parte dos vidros da janela, como se estivessem empenhados em corrigir algum erro ou quisessem precisamente mostrar que na vida não há erro. A areia transformada respondia ao ferro transformado e só o homem ouvia. Novamente a morte, a vida, a segunda menor. João não sabe como transportar a manhã até à tarde, a tarde até à noite, a noite até à vida. Nem sequer sei como tornar indolor este tempo desertificado. E a música não me salva de nada. É impotente para resolver os problemas dos dias. Olhava agora o piano como o cadafalso a que mais cedo ou mais tarde teria de subir.

Sei muito bem a solidão, o desamparo, a miséria a que estou votado. O homem não vale uma nota afinada. Tornava-se evidente que gostava cada vez menos de si próprio. Embriagava-se morosamente na dor, sem que tivesse consciência disso. Seria capaz de atacar e defender tudo ao mesmo tempo. Não havia contradição, apenas desencontro consigo mesmo. O mundo não era uma mágoa recente. Recente é a má divindade que o persegue. Chego a pensar que nunca mais conseguirei ser bom. A bondade é um destino. Até agora, só morri à minha volta, mas estar-me-á ainda reservada a necessidade de matar? Lá fora, a fome ronda as casas. Os pedintes, os aleijados, os assassinos, formam uma crosta enorme sobre a pele de Lisboa. É o destino, é o acaso, é a crueldade dos homens. Ninguém nos defende de nós mesmos. E Deus, que sabe o fim, não revela nada do que vem, nem sequer o início. O saber ronda a alma. Teve um ataque súbito de pegar fogo à alma das partituras, apenas à alma. Transformar esse saber em madeira queimada. Dói tanto prever o que se vai passar, ver para além dos factos. Deito-me e acordo a medo. E não conseguir adormecer, essa peste quase negra, que nunca abandonou o coração dos homens. Compõe-se música para não gritar. Estuda-se para não pensar. Aplaude-se para não chorar. Chegou às dez da noite vivo de fome. Agora, despir-me para me deitar é uma derrota. Não quero mais nenhum dia, só dias anteriores. Os dias antes da dor. João amava a celeridade do passado. E é provável que não tenha descansado nessa noite. De repente, há uma manhã que nos ilude. Confunde-se a luz do dia com uma outra luz, a esperança. E um piano soa da janela de uma casa, o fumo dos sons sobe ao telhado, aí, onde a morte visitou o homem do violino. Por vezes, temos a morte tão perto que tocamos só para não a escutar, como se me escondesse por detrás da razão. Continua-se a tocar. Está mais frio, mas está mais sol. É um dia magro de Inverno, quase Outono, quase belo. Ontem, nada faria prever este respirar leve, de novo o amor. Sorria sozinho por entre as colcheias. Um disparate enorme deixar-se levar assim pelo entusiasmo. Mas é tão difícil arranjar forças para morrer. E já tantas vezes me agarrei ao piano somente para sentir ternura. A maioria das vezes nem há música, só uma espécie de sentimento, quase tangível. As notas não ecoam com um sentido determinado, salta-se de pensamento em pensamento, mas sente-se apenas a nossa própria voz incoerente, falha de harmonia com a vida. Nada para ser levado a sério, para vir a dar corpo a uma sonata. Talvez mais tarde, contudo, venha precisamente a pensar-se nisto que não pensávamos e se construa uma obra, a partir da voz incoerente de outrora. Porque o pensamento precisa de viver de alguma coisa, e não será certamente dele mesmo. O pensamento vive da falta de ternura. A única dúvida é se a vida suporta essa coisa chamada ternura. Mas há manhãs que nos iludem. Sei que só a ilusão alimenta a vida. É preciso fazer funcionar o piano, o mundo. O desânimo, a realidade não existe.

Almoçou quase descansado. Apenas uma leve contrariedade lhe interrompeu o estado de graça em que me encontrava. Ficava sempre perturbado quando derramava vinho sobre a toalha da mesa, o modo como o linho absorvia a cor escura e estranha ao seu próprio corpo lembrava-me o carácter corrupto dos homens. A natureza diz tudo acerca do humano. Mais do que devia, e até mesmo mais do que sabe. Uma corda oxidada não acerta com nada e, por mais que se tente, a nota que se consegue reproduzir é sempre uma sombra da que efectivamente se queria; é um velho que se mija todo, que já nem consegue dizer senão coisas continuamente ao lado. Como ter o amor na cabeça e não saber o que fazer dele. Mas, à parte este imprevisto, a refeição correu bem. Parte da tarde passou-a a cantar Händel. Lembrou o pai, lembrei todas as mortes e até parecia não doer. Estava a ser um dia para a posteridade. À noite não jantou porque trabalhava. Escreveu durante várias horas seguidas a parte melódica de uma missa que ainda não sabia bem o que seria. Cantou-a, acompanhava a voz com acordes muito simples no piano, trabalhava de novo. Sentia que começava a dominar a morte. Levantava-se, de quando em quando, e espreitava o escuro pela janela, depois amava de novo as velas do candelabro, que se esvaíam como tinta nas partituras.

A primeira coisa que fez ao levantar-se foi reler o que havia escrito na noite anterior. Esta não era uma manhã de ilusões. Nada se aproveitava, rasguei tudo. Retornava ao mundo dos vivos. À vida equilibrada, desapaixonada. Nem dor excessiva, nem esperança desmesurada. Foi sempre assim, nas mortes anteriores. A dor, a agonia, novamente a dor e depois o tédio. O espírito, a alma e o corpo esgotavam-se por inteiro nestas batalhas e, então, o tédio surgia inevitavelmente. Um duro golpe final que por vezes chega mesmo a acabar com vidas. Nas mortes da mãe e do pai, João era ainda muito novo para ter de se preocupar com isso. Mas, há três anos, em Paris, assisti a uma morte destas, de um amigo compositor. Perante a morte dos seus dois filhos, durante a campanha de Napoleão na Prússia, ficou completamente prostrado num sofrimento atroz, que os amigos e a música tentaram aliviar. Quando tudo levava a crer que o pior já havia passado, aconteceu precisamente essa morte apática, essa morte sem sal. E a música, que tanto ajuda na dor e na agonia, de nada serve aqui. O tédio tem de ser atacado por um seu igual, tem de ser atacado pela política. O que havia a fazer era tratar dos assuntos mais prementes. Pôr a correspondência em dia, visitar amigos, saber o que se passa com esta cidade. O que é exactamente este país, agora? O seu tempo precisava de ser ocupado em tarefas que exigissem pouco do espírito, mas que pudessem despertar a alma. Neste estado, os nervos arrasados, o corpo exangue, qualquer esforço do espírito podia ser-lhe fatal. À pequena contrariedade, uma melodia pobre, a vontade dirigiria todas as suas forças contra a sua própria vida. Havia que descansar, recuperar forças para o espírito através do fortalecimento da alma, do ânimo. E uma cidade, um país, dói sempre menos do que uma melodia. Veja-se o exemplo de Napoleão: conquistou a Prússia, mas nunca poderá derrotar Bach. Ainda que destrua todas as suas obras, Bach viverá nas mãos dos franceses. Com a política diante dos olhos, como um espelho, não restavam dúvidas que gostava cada vez menos de si próprio.

A política desmorona-se necessariamente a si mesma, porque o que move qualquer interesse só pode ser de natureza pessoal. Em casa de Francisco, conheceu Nunes. Homem ainda novo, de pretensões literárias e nada dado a políticas. Fazia questão em afirmar que apenas uma morte poderia fazer sentido: morrer por amor de uma mulher, por uma incongruência; a morte revelar--se-ia, assim, a exacta medida de uma vida. Um país tinha muito pouco significado na ordem total das existências, mas não uma mulher, não o amor. À medida que o jovem falava, João atentava na variabilidade rítmica e melódica da sua voz. Contrariamente às suas palavras, o som era audível. Hoje, por toda a Europa, os salões vão ficando cheios deste palavreado. Nem a guerra nem a miséria os fazem calar. Mas, por outro lado, não havia dúvida de que o modo apaixonado com que se expressam proporciona matéria de interesse musical. Só aqui, na própria vida, pode realmente uma ópera existir. No palco, qualquer paixão humana é destituída de verdadeira música; pode-se, quando muito, imitá-la. A música realiza apenas o que não existe. É esta a sua essência. Pensei no quanto a música acabara por destruir a minha própria vida. Nunca se escolhe ser compositor; é-se ou não se é escolhido. E somos escolhidos muito antes de o sabermos. O mal começa a infiltrar-se-nos através de pequenas coisas, e muitas vezes insuspeitadas. Toda a arte, se vivida com a própria existência, só pode levar a perder um homem, ainda que salve outros. Mas só salva aqueles que nela se não perdem. A música é incompatível com um corpo. Ao contrário da política, que é a exacta expressão do que interessa à subsistência, à coexistência. Ninguém de bom senso se entrega a esta coisa de mortos, a este pensamento melódico pelo qual tenho vivido. Deus deve pôr a arte no coração daqueles que mais têm de expiar. É uma redenção. Por culpas que nem sabemos. Por culpas que havemos de ter. Mas talvez também seja o único modo de virmos a conhecê-las. Um homem, sozinho, sentado numa cadeira junto a uma das janelas, lembrou-lhe, por parecenças, o seu amigo Silvestre Pinheiro Ferreira, que deveria estar encerrado em algum livro, e pensou no quanto deve ser terrível a vida de um filósofo. Como saberá ele distinguir entre a verdade e aquilo que deseja que seja verdade? Pelo menos na música a verdade é sempre sonora, ouve-se. Melhor: ela faz-se ouvir. Há tanta miséria no mundo. Enquanto pensava em tudo isto o debutante não parava de falar, de tecer argumentos acerca disto, acerca daquilo, do que quer que fosse. João sentou-se ao piano e enunciou umas verdades de Bach, o suficiente para ser interrompido por Nunes. Puta que o pariu, pensou. Mas será que não há nada que o emudeça? Já ele discorria acerca da falta de sentimento de Bach, da falta de modernidade. Que está completamente ultrapassado. Que só historicamente se justifica tocá-lo. João anuiu e afastou-se. Puta que o pariu. Perguntou a Francisco, que se riu, há algum lugar em Lisboa em que se possa pensar ou ouvir música? Não sei se algum dia haverá, respondeu divertido o desembargador. Mas Lisboa diverte-se sempre. E um problema afligia João: como conciliar a sua vontade política com a sua impaciência social? Por outro lado, a sua vontade política era reformadora. Ambicionava reformas culturais e não o poder. Ambicionava educar o povo, não governá-lo. Havia ainda ingenuidades que o tentavam.

Hoje chegou uma carta do seu amigo, exilado em Londres, o senhor João Bernardo da Rocha Loureiro, o redactor do jornal *O Portuguez*. Apesar de todas as divergências no tocante ao modo como se está na vida, como a aceitamos, a enfrentamos, João tinha sincera afeição por João Bernardo. Ligeiramente mais novo do que ele, via-o como a um irmão mais novo, que não tinha, um irmão mais alucinado com a vida. Recordo-me tão bem de ouvi-lo pela primeira vez há mais de dez anos, no Porto, a dizer pela primeira vez que o segredo para bem escrever é ter uma fecunda e viva imaginação e um sentir profundo, que então lembram logo as palavras, apreendidas em bons livros, para com elas se vestirem as ideias. Sempre julguei essa sua posição irrealista, uma completa recusa a uma procura séria daquilo em que nos envolvemos. Não me parece que seja com viva imaginação que se faça seja o que for, mas com a contrariedade da existência, a contrariedade de existir. E nem sequer se faz uma obra contra este nosso tempo — não o tempo que cada um é, mas o tempo comum —, nem a favor dele, uma obra erige-se apenas com desprezo por este tempo, por qualquer tempo comum. Só se compõe estando deliberadamente contra nós mesmos e com profundo desprezo por tudo o resto. Mas João Bernardo era muito mais do que as suas ideias delirantes. Era um guerreiro. O que também sempre me lembrou o D. Quixote, e que o fazia rir quando lho dizia. No fundo, também se orgulhava do epíteto, da comparação, que lhe conferia alguma validade. Evidentemente, na minha boca não era propriamente um elogio, porque sem o Sancho Pança o D. Quixote não passava de um pobre coitado. Aliás, como é sabido, a grandeza de D. Quixote só se traça na exacta medida do fascínio que causa em Pança, um fascínio que, juntamente com a piedade, este arrastou pela outra criatura. E João Bernardo, através do seu jornal, também arrastava as opiniões de muitos sanchos panças deste país. E esta grandeza era justo reconhecer-lhe. Mesmo de longe, de Londres, ou principalmente por ser de longe. Havia também que reconhecer a sua bela prosa e contundência do que muitas vezes escrevia. O problema era a sua infinita crença na alteração do estado de coisas. Dizia que estava preocupado, que não mais havia tido notícias minhas. Perguntava-se se a minha natural propensão para o cepticismo acerca do humano e da sua possibilidade de evolução, o meu cinismo mesmo, me não teria levado de vez para alguma terra escondida, lá para o Brasil. De facto, uma ou outra vez cheguei a comentar com ele acerca dessa minha ideia, de partir para o Brasil, deixar a Europa. Tentar, não procurar um homem novo, mas um deserto maior de homens.

Quando passava inesperadamente pela Rua do Salitre, a caminho da casa de Francisco, já não se lembra bem o que o havia levado a passar por ali, usualmente não o fazia, viu sair de um prédio, logo ao cimo da rua, um homem que conhecera há dois anos em Paris, precisamente dias antes de partir para Londres. Mandou parar a carruagem, apeou-se e dirigiu-se a esse homem. Naquele momento, por um brevíssimo instante, conseguiu sentir em alguma parte de si um pouco de alegria. Então, meu general, sempre o vejo cá por Lisboa! De facto, o homem tinha estado encurralado em Paris, após as últimas campanhas por Napoleão, comandando o que restara das tropas portuguesas após os combates em Portugal, precisamente contra o exército de Massena. Mas um militar deve apenas obedecer e combater a serviço das ordens que escuta. O que então o apoquentava era não ver em Portugal a sua situação regulamentada. E desejava ver compreendido inequivocamente que nunca combateu contra os interesses de Portugal, o que era verdade. Mas a situação não foi nada fácil de resolver, o país estava, e está, repleto de instabilidade e de interesses mesquinhos. Tudo isso o reteve, e numa situação desconfortável, a ele e a uma senhora que o acompanhava, por... um par de anos, não foi, general? O homem foi bastante efusivo nos cumprimentos, que era tudo verdade, o que João dizia, mas acrescentou que estava já reformado, general mas reformado. E nunca esqueceu o dinheiro que à época João lhe emprestou, decorria uma demorada e inexplicável investigação acerca do seu caso, aqui em Portugal, e todos os seus bens tinham sido retidos pelo governo. Depois, perdeu por completo o paradeiro de João.

Fiz questão de lhe não deixar qualquer nota e permitir ao acaso ou ao destino juntar-nos ou não de novo. O homem sentia uma alegria profunda por finalmente poder saldar a dívida. Despediram-se com promessas, por parte de João, de um destes dias vir visitá-lo, aqui a casa, precisamente neste prédio em frente. Depois, em casa de Francisco, contou ao amigo quem havia encontrado. Ora, ora, brincava Francisco, o velho general Gomes Freire. Já não é o mesmo. Não lhe falta a coragem, mas o senso. Fazem-se uns encontros muito provocatórios para o governo de Beresford, aí em sua casa. Francisco não me aconselhava a ir a casa do general, muito menos a frequentá-la. Mais cedo ou mais tarde poderia ter de me enfrentar com problemas que não eram os meus. Aliás, nem sequer são problemas do general. Está a ser usado, o pobre. Aproveitam-se da sua bondade, do seu peito aberto. Mas eram tudo coisas que João sabia muito bem. Enfim, gostou de rever aquela alma. Só isso. Contou também da carta recebida de Londres.

Estava a ser extremamente complicado para João envolver-se com seriedade nas preocupações políticas, que deveriam ajudá-lo no restabelecimento do seu ânimo. Os dias passavam, confrontava--se com as pessoas, as ideias, e não conseguia ver senão miséria. Miséria por todo o lado. A miséria, o pó dentro de cada homem, dentro de cada alma. Por outro lado, todo este esforço em compreender os homens e as suas instituições era já uma verdadeira preocupação política. Não eram propriamente as pessoas o centro da sua perturbação no tocante ao espaço público, mas antes a indiferença que aí se constitui. Sinto uma dificuldade profunda em relacionar-me com essa inevitável indiferença. De algum modo, existem semelhanças com a tristeza que sentia ao ler as cartas do tio, aquelas palavras sem voz e sem estilo, já que não havia nelas quaisquer traços da sua individualidade, contrariamente ao que acontecia quando tocava as suas interpretações no órgão. Mas não se trata de uma redução da existência à criação. Em rigor, seria antes somente uma dificuldade em ser conforme ao anódino. Relevava daí o seu furor, de quando em quando, pela pedagogia, pela educação, como se esta pudesse efectivamente levar cada um de nós a nós mesmos e não o contrário. Para ele, educar é uma espécie de apresentação da pessoa a si própria, como se até aí ela apenas se conhecesse a si de vista. As pessoas empobrecem cada vez mais de si próprias, em favor da totalidade do espaço público, que encontra na política, concomitantemente, o seu argumento forte e o seu destino. Por outro lado, nem por um só momento chegou a duvidar da sua dedicação liberal. Aliás, talvez estas dúvidas constituíssem precisamente o centro gravítico do ser liberal. Estas ideias atravessavam-me enquanto tocava no piano excertos de uma sonata de Seixas, precisamente aquela que Francisco prefere. Reconheço a beleza da sonata mesmo sem lhe prestar muita atenção. Aliás, esta é uma das obras que se me revelam mais quando não as escuto ou toco com demasiada perscrutação, como se só pudessem revelar a sua essência precisamente nos intervalos da feroz atenção humana. Mesmo nas outras obras isto também acontece, evidentemente, porque há coisas que só distraídos podemos compreender; mas o que se passa é que, efectivamente, há algumas que apenas deste modo se deixam revelar não por completo, mas na sua mais profunda identidade. Esta distracção não é a distracção inerente à ignorância acerca de uma linguagem, mas a distracção que frutifica nos intervalos do conhecimento de uma linguagem.

Mas o sofrimento do povo causava uma forte impressão em todo o seu ser. E a sua impotência não revelava uma concordância com alguma espécie de ordem natural ou divina deste estado de coisas. Compreendo tão-somente que não possuo ouvido, talento para a pragmaticidade que a acção exige. E, provavelmente, se me entregar àquilo que a minha natureza rejeita continuamente, acabo por destruir a minha própria vida. Não porque apresse o meu próprio fim, mas porque me entrego a uma existência destituída de finalidade. Em mim, a miséria só pode ser combatida e amada com música. Quando pensava em combater, João pensava em reconduzir-se, a si e a cada um que a escutasse, à própria música, à arte; quando pensava em amar, pensava em reconduzir-se a si e a cada um a si próprio. No fundo, tratava-se de tomar consciência, respectivamente, do infinito e do finito. Não conseguia afastar de si este tipo de pensamentos. Enrolava-se neles e eles mesmo o enrolavam num complexo labirinto próximo da loucura. E, ao invés de se sentir cansado, ficava mais excitado, mais enérgico dentro de si próprio. Mas havia um fundo de consciência que reconhecia o cansaço, embora o seu cérebro não conseguisse parar. Por vezes, acontecia que encalhava em alguns pormenores e, então, por incapacidade de produzir novos focos de interesse, novas frases, um tédio *moderato* acabava por adormecer-me.

A rua, os seus sons, o movimento, o inferno. Caminhava sem destino, atentando na fisionomia das diversas pessoas com que se cruzava e na indiferença com que prosseguiam as suas vidas. Nada poderia alterar o vazio de um rosto humano, nada, sequer a aplicação das teses liberais. Mas era necessário produzir um esforço na tentativa de reconduzir a sua tendência liberal para além da lucidez com que perscrutava a realidade. Para já, é preciso salvar-me. Depois, logo se vê. Avançava por entre o pó. Algures nesta cidade terá de existir um sentido, alhures dentro de mim terá de existir uma reconciliação. Esta é a demanda da minha vida, a demanda do verdadeiro sentido da existência, da alegria. E, se a encontrarmos, salva-se o mundo. Avançava por Lisboa, pelas ruas, pela sua miséria. Continuaria a avançar pela vida adentro até, talvez, não encontrar nada. Avançava. Vendia-se peixe, descarregavam vinho à entrada das casas de pasto, roubava-se, pedia-se esmola, entristecia-se muito, chorava-se e, por vezes, uma gargalhada interrompia todo o fio discursivo do seu olhar, como uma coisa estranha caída do céu. Avançava por entre o cinzento, lembrava Paris, Londres, lembrava-me até das mortes que transportava. A rua, os sons, o movimento, o inferno. Avançava até que escurecia.

De manhã, junto à janela, a morte volta. A agitação dos pombos revolve em si uma frase antiga, mas que agora lhe surge de modo diferente, com outra intensidade, outro ritmo. Uma voz, um baixo, a começar em dó — semínima aumentada — ainda dó, agora uma colcheia, depois repete si e repete o ritmo das notas anteriores. Escuta outros dois compassos, tudo em quaternário. Mas desta vez ambos com duas mínimas cada um: o primeiro, ré bemol e dó; o segundo, mi bemol e ré. Seguiram-se ainda mais dois compassos. O primeiro com quatro semínimas, fá-fá-mi-mi, e o segundo com uma semínima aumentada, uma colcheia e uma mínima, mi-mi-ré. Provavelmente a influência cromática do tento de Pedro Araújo transformou aquela frase antiga, a segunda menor dominava. E porque acabei por não conseguir esconder-me da última morte que me aconteceu, esta também acabou por se transformar em música. Só então compreendi que se tratava do início de um *Requiem*. Passei a escutar as palavras que acompanhavam a frase musical: *Requiem aeternam dona, dona eis, Domine*. Dai-lhes o repouso eterno, dai-lhes, Senhor.

À noite, João teve a certeza que aquela frase, que os pombos revolveram, lhe salvou a vida. Sem ela, sabe-se lá o que lhe poderia ter acontecido. A política poderia muito bem ter sido a minha morte. Entretanto, escrevera já todo o *Introitus*. Pelo menos uma primeira versão, um rascunho de *Introitus* deste *Requiem em Dó Menor*. Bebia novamente a doce inspiração que adocica a miséria. E um *Requiem* é efectivamente o paradoxo máximo da miséria adocicada. É esta a grandeza e a pequenez do criador: assistir à subjugação do sofrimento ao prazer. O sofrimento não desaparece, pelo contrário, mantém-se presente, mas sob as ordens do prazer. Quando este por fim acaba, então, o sofrimento regressa, mas já humilhado. E um sofrimento humilhado é já uma culpa, não é sofrimento, pelo menos não é sofrimento límpido, será quando muito sofrimento impuro. No fundo, João sabia que só deste modo poderia superar o sofrimento, assumindo uma culpa, a de caminhar para a eternidade com a morte dos outros.

Nestes dias de grande produtividade criativa, acontecia-lhe muitas vezes deitar-se e não conseguir adormecer. A sua imaginação vagueava constantemente entre as frases musicais e a ansiedade de reconhecimento, de um reconhecimento desmesurado. E era com rapidez que saltava da música para aquilo que o tempo vindouro diria acerca dele, acerca da sua música. Assim de tão próximo, de dentro da própria partitura a ser construída, a sua música parecia-lhe eterna, de uma qualidade indubitavelmente superior. Outras vezes, sequer os seus sonhos tinham qualquer sustentação real. E ele mesmo o sabia. Precisava apenas de me perder em possibilidades desde logo inconcretizáveis, de modo a concentrar as energias com muito mais rigor naquilo que ia escrevendo. As energias libertadas durante um ímpeto criativo necessitam de ser equilibradas constantemente, vigiadas, pois facilmente tendem a controlar-nos, ao invés de serem por nós controladas. Por conseguinte, os devaneios a que me entrego nestes períodos trata-se tão-somente de um exercício necessário para cansar a imaginação — aqui a parte visível e nefasta das energias descontroladas

—, para que ela não venha mais tarde atrapalhar a composição. Dantes, enunciava o problema deste modo: de todos os sons que escuto no meu interior, quais aqueles que não devo escrever, que não deverão ser escutados por outrem, e qual é a regra que o determina? Pois não tenho dúvidas que há frases que devem permanecer apenas no meu cérebro. E, precisamente nestes últimos dias, tinha-se-me revelado enquanto inequivocamente verdade que a regra que determina a frase que sobrevive até ao exterior ou a que deverá perecer no interior é a intuição pura: a apreensão absoluta de uma frase, e absoluto quer apenas dizer lapidado de excessos. Assim, aquilo que sempre fizera instintivamente assumia-se agora enquanto verdadeiro sistema: o controlo das energias descontroladas durante o tempo que dura o ímpeto criativo. Na prática, as frases irrompem para diante com violência, e o que registo é somente o tempo que demoro até alcançá-las eu mesmo, com o meu próprio esforço. Este alcançar eu mesmo a frase que irrompeu de mim para longe de mim mesmo é que é realmente a intuição pura. Porque aceder directamente à frase, transcrevê-la sem o esforço de alcançá-la, não é intuição mas alucinação. Mas este alcançar não é somente compreensão inteligível, é também compreensão não inteligível. Embora, em todo o caso, sempre compreensão. Há que compreender aquilo que nos atravessa, antes de escrever; ou seja, controlar as energias descontroladas. Uma outra questão se põe: não pode efectivamente haver frases que, embora não sejam compreendidas, possam até ser as melhores e, assim, através deste método, nunca cheguem a ser escutadas? Há grandes probabilidades de ser verdade, mas isso não anula a necessidade do método, isto é, a necessidade de um discurso acerca do próprio processo criativo. Um discurso interno, sem quaisquer ambições de regra universal. Ainda pensou, às voltas na cama, em levantar-se e escrever estes pensamentos para o seu amigo João Bernardo, mas depressa reconheceu que não levaria a nada, ele tinha demasiada paixão para conseguir ver o que quer que fosse que lhe quisessem mostrar. Acordou. E tudo para onde olhava se transmutava em música. As coisas e as pessoas vinham dar a ele para além do habitual. Um aleijado que viu passar na rua não era apenas um aleijado, era uma frase musical, um compasso, uma escala que se interligava a outros pensamentos musicais. Para onde quer que olhasse fazia desaparecer coisas e pessoas. Literalmente, o mundo desaparecia por detrás da música. Mas, mais importante do que tudo, é a necessidade de manter a perseguição àquilo que está a originar a escrita desta composição. Ser-lhe fiel, mais do que a mim próprio, mais do que à música que faz desaparecer o mundo. Assim, de repente, saindo por detrás não do mundo mas da música, vozes e instrumentos começam a ser conduzidos no meu interior como se tivessem uma intenção voluntária de surgir diante do espectador enquanto natureza morta; um motivo de conflito por excelência entre o apreender e o apreendido. Compreendo então que uma natureza morta é o coração de toda a expressividade. Esforço-me por alcançar a vontade das frases que me atravessam. Em Paris, em casa de um amigo, João pôde presenciar um quadro de Chardin que não mais esquecera e havia de o tentar continuamente, *Cesta de ameixas com nozes, groselhas e cerejas*. O quadro caía novamente pelo interior da sua atenção. No centro, as ameixas ordenadas, empilhadas, aprisionadas na cesta, era o que primeiro nos surgia, num leve muito leve contraste com o fundo, a parede escura, porque também elas eram escuras, principalmente as que se viam no rebordo da cesta. Havia contudo uma ameixa, quase no centro da cesta, no centro do quadro, que clareava, mais claro do que as nozes à esquerda fora da cesta e onde uma luz incidia, ou mais claro do que as groselhas que, do lado direito da ameixa e do lado esquerdo das cerejas, estas encostadas, completavam a matéria orgânica. Havia ainda uma pequena cereja abandonada entre as nozes e as groselhas. A mesa também apresentava um matiz mais claro do que a parede. Mas a luz naquela ameixa era um segredo, como se viesse do seu interior e não do exterior, alguém no meio do nada a querer impor uma fé, um sentido a toda aquela morte. Se os frutos pudessem aguardar alguma coisa, aguardavam apenas o apodrecimento. Separados das suas árvores nada mais poderiam esperar. E uma só ameixa parecia contrariar todo o abandono a que aquela breve vida estava votada. E é do abandono a que sempre estive exposto, mas que só agora com a morte de meu tio consciencializei, que esta composição deverá tratar. Por conseguinte, agora é que já não podiam existir quaisquer dúvidas acerca da natureza desta composição. É definitivamente um *Requiem:* lembrar a Deus as almas daqueles que me morreram. As almas, que para Deus são ameixas sobre uma mesa.

Andava pela casa. Na sala, o retrato do pai olhava-o como se não o compreendesse. Aquele olhar que todos fazem perante as dúvidas e as descobertas daquele que cria, daquele que se debruça sobre o seu próprio mistério, o seu próprio desconhecimento. Não eram apenas a morte e Deus que o separavam do pai, era muito mais. E sem dúvida alguma o terror, a vida. Essa coisa simples de onde até vem o que não é dela. Amanhecia, lá fora uma mulher idosa carregava pesados sacos e o corpo naturalmente vergava. Não era a morte, era a vida; a necessidade de alimentar um corpo que lhe não pertencia, que nunca lhe pertenceria, que não era sequer ela mesma. Era o coração dos seus problemas. Não tinha escrito muito, é certo, apenas meia dúzia de compassos, mas é o início de uma nova obra. E, depois, uma só frase bem escrita vale um dia inteiro. Não sentia sequer cansaço, apenas alguma lentidão nos gestos e, por vezes, encalhava numa ou noutra reflexão. Repetia continuamente dentro de si o que havia escrito durante a noite e a madrugada, como se fosse a sua oferenda à deusa Aurora. Nunca havia amado senão os pais, o tio, a música. E os deuses gostavam disso, ele bem o sabia, mantinha-se-lhes fiel. No fundo, sempre soube que a sua evocação de Deus não passava de um hábito e, por outro lado, também algum medo de Ele o poder castigar, caso verdadeiramente existisse. Nunca senti necessidade de desvendar o mistério das mulheres. Nunca senti senão necessidade de desvendar o ver, o ouvir, e não aquilo que vejo, aquilo que oiço. É sempre o que está antes que verdadeiramente me importa. Se continuo em busca de notas, após a primeira, é somente porque estou convicto de ser este o único modo de compreender o porquê da primeira. Provavelmente não é caminho que leve a essa compreensão, mas também não há outro caminho. E isto faz de mim um amante do antes. A vida é uma entrada fora de tempo, um contratempo ínfimo. Há uma pausa de semifusa e depois a primeira nota somos nós. É essa pausa que sempre me fascinou e que me impele para diante. E se é a música a minha investigação, é porque precisamente ela não trata da realidade, mas da conformidade desta à minha alma. Só a música pode salvar as almas. A música é a ameixa que se ilumina a si própria no centro do quadro. Quem quer que nos governe expressa a sua palavra por música, e só através desta nos pode escutar. E se escrevia a Deus e não aos deuses, era somente porque pretendia proteger almas de crentes, as almas dos seus, as almas do mundo.

Levantou-se tarde, mas recomposto. Estava um dia feliz de final de Inverno. O sol não aquecia tudo, somente as pedras das casas, não os corpos animados. Mas era o suficiente para influenciar de estranheza e alegria uma alma humana renascida da dor. Recordava uma tarde, quando tinha dezanove anos e a música ainda só provocava excitação e pouca responsabilidade. Junto ao Tejo, enquanto caminhava pelo cinzento do dia, viu as velas de uma embarcação, ao longe, incendiarem-se de luz, após as nuvens, tornarem-se um recorte de um imenso azul, céu e mar, como se de repente todos os instrumentos de uma orquestra concordassem em harmonizar-se de modo a se destacarem do mundo. A música originava o dia. Nunca esqueceu esse momento em que pela primeira vez compreendeu que só o imprevisto tem poder de nos devolver a atenção às coisas. E o imprevisto só visita aquele que se debruça continuamente numa ordem superior, numa linguagem com que lutamos e contra a qual lutamos. Mas, agora, o que recordava dessa tarde não era essa sua descoberta, mas antes a disposição com que captava todas as variabilidades do mundo e da linguagem, dos sons. Essa disposição antiga doía-lhe, apesar da doçura do dia e da superficialidade da memória, que se não detinha em nenhuma impressão em particular, antes saltava por inúmeras impressões em busca de um local onde pudesse viver, embora sem o encontrar. Não era verdadeiramente uma dor, porque a similitude das duas tardes, a de agora e a de outrora, lhe concedia uma coragem que identificava com a nova obra que começara a criar. Não havia angústia, apenas imprecisão e vontade de criar, embora a imprecisão fosse recebida de quando em quando com enorme estranheza, provocando assim alguma nostalgia. Um sentimento de falta do que lhe poderia ou não vir a acontecer, um sentimento de falta do futuro.

Quando me sentei ao piano já levava as frases que iria escrever, embora teimasse em escutá-las também fora de mim. Era o início do *Kyrie*. Uma brisa doce, que se tornava rapidamente em convicção, sem que perdesse contudo a doçura. As vozes surgiam amáveis e fortes, inevitáveis e, por isso mesmo, sem qualquer violência, como se enviadas pela própria morte e não uma reverência dos homens a Deus: *Kyrie eleyson*. De facto, este *Senhor, tende piedade de nós* era sentido como se a própria morte estivesse a roer-nos por dentro, como bicho a corromper a ameixa. Aqui, só Deus é espectador desta nossa natureza morta. Só Ele poderia verdadeiramente compreender o que um outro-Ele mesmo havia criado. Só Ele poderia compreender as vozes que, em repouso sobre a mesa e devastadas de pó, lhe atirávamos: *tende piedade de nós.*

Levou uma semana, quase sem descansar, a escrever este *Kyrie*. Nos três dias seguintes reviu tudo o que havia escrito. Não estava esgotado, sentia-se forte como nunca, invencível. Se continuasse por mais um dia ou dois, estaria capaz de desafiar o tempo. Mas os dias seguintes foram difíceis. Ainda não conseguira habituar-se à ressaca do acto criativo. É como se depois de termos estado num mundo privilegiado, de repente, regressássemos à nossa condição de sempre. E se digo de sempre é porque é desse modo que então me sinto: condenado a ver tudo o que escrevi enquanto total perda de tempo, da vida. Não só porque julgo mau aquilo que escrevi, mas principalmente porque vejo qualquer acto de criação enquanto completo desacerto em relação ao mundo. São momentos de angústia. Eu entregue à totalidade de uma finitude que me comprime até quase à imobilidade, ao repouso sobre uma mesa aguardando apenas a corrupção. Necessariamente, esta falta de tempo que somos origina exiguidade. O mundo transforma-se nos dois metros quadrados da cama. Nada nos salva senão deixarmos que este tempo venenoso se queime por si próprio. Por conseguinte, a vida de João era agora esperar por si. Sentia-me a verdadeira natureza morta que quando escrevia acerca dela não era. Na cama, João sentia-se um autêntico fruto sobre a mesa, indefeso perante o tempo que célere o apodreceria. Não obstante, perscrutava atentamente os sons que lhe invadiam esta sua condição, de modo a vir mais tarde exercer o poder de resgate que a memória lhe concedia. A angústia não é uma pausa, silêncio na existência, mas antes uma raiva que se instala contra nós mesmos. Escutava então uma voz forte decidida, um *allegro con fuoco*, algo que pudesse arruinar o mundo, a partir de mim mesmo. A partir desta fraqueza, desta exiguidade inultrapassável.

Um mês depois, o sofrimento passado originou o *Dies Irae*. Humilhava-se a experiência do nada por que se tinha passado. Lá fora, continuava-se a conspirar contra Beresford, contra o estado de coisas. As reuniões secretas prosseguiam, os interesses que arrastam os homens para a perfídia, as traições próprias de quem não pode outra coisa, as vinganças que revelam a natureza perdida de quem as comete, o desinteresse pela arte, o desinteresse pela elevação do homem, que mostra bem o quanto esta não pode nunca vir a suceder. João Domingos Bomtempo, um nome só a lutar não contra tudo isto, mas a favor de tudo isto. Bem poderia agora dizer que compunha para mostrar a corrupção dos corações. O mundo explodia, eu registava essa explosão. Mais do que um castigo de Deus, este *Dia da Ira* era efectivamente a revelação do fracasso dos homens. Mas João preferia ainda pensar que o fracasso era o verdadeiro castigo, e compunha em conformidade a esta convicção. Compunha em conformidade à cidade de Lisboa, ao reino de D. João VI, à Europa contemporânea. Perante a inconciliabilidade das diversas almas, perante o facto da existência de uma cidade havia apenas que responder com o desprezo. A ausência absoluta de interesse pela habitabilidade, pela comunhão. Em verdade, esta comunhão não existe sequer. Era uma ideia que alguns poucos carregavam, sabe-se lá em que parte do corpo ou do espírito, e que os muitos transformavam ou desejavam transformar em utilidade. Este *Dies Irae*, contudo, atingia a sua máxima expressividade no *moderato espressivo assai* de *Lacrymosa*. João levou um mês inteiro a chegar aqui, à voz que consciencializa o que lhe está precisamente a acontecer. Finalmente o homem reconhecia a sua miséria, a dependência para o que continuamente lhe escapa. A morte aparece-nos diante dos olhos enquanto triunfo de Deus, o triunfo do espectador perante esta nossa natureza morta.

Após concluir o *Dies Irae*, com *Dona eis requiem*, respeitando assim na íntegra esta mesma parte do *Requiem* de Mozart, João caiu num estado de aparente neutralidade. Não conseguia continuar de imediato a escrever, mas também não sofria qualquer ressaca ou ansiedade por não prosseguir a sua obra. Sentia-me reconfortado pelo que havia conseguido escrever nos últimos dois meses. Efectivamente, esta poderia vir a ser a obra que sempre ambicionei. Pediu que lhe preparassem para o jantar perdiz com castanhas, para ele e para o seu amigo Francisco. Precisava de uma boa refeição com alguém a quem pudesse falar daquilo que estava escrevendo. Esta é uma etapa decisiva na criação da sua obra. O momento em que confrontava as suas ideias com uma outra vontade, precisamente quando ainda poderia alterar o que quer que fosse. Era uma espécie de exame às suas próprias convicções e intuições. Se resistissem à contrariedade, à incompreensão ou até a uma provável proposta de alteração por parte de outra alma, reconhecia com maior precisão o caminho que percorria. Poderia até, sem que o outro se apercebesse, inclinar-se para outra direcção, de modo a proceder a uma maior conformidade à minha própria alma. O amigo, independentemente do que lhe dissesse, levá-lo-ia sempre cada vez mais a si próprio. A perdiz estava óptima, e bem acompanhada por um vinho tinto velho da Bairrada, ainda bastante encorpado e que já rareava devido às medidas tomadas no século passado pelo marquês de Pombal, de modo a proteger a qualidade do vinho do Porto. Grande apreciador da boa mesa, tal como João, Francisco não se poupou a elogios. O prazer ganhava a sua máxima realidade através da capacidade de compreensão mútua dos dois homens acerca da degustação do confronto entre o vinho e a carne, e com uma muito boa e acrescida provocação levada a cabo pelas batatas novas assadas e as castanhas já adocicadas pelos meses após a sua apanha. Apesar de tudo, e como deveria ser, o velho Bairrada reinava. À mesa, um homem pode revelar uma paixão pela vida que, nos seus pensamentos e na sua lucidez acerca da miséria do mundo, não tem. Por razões diferentes, era este o caso de João e Francisco, como se a natureza os tentasse ainda para uma sabedoria contrária às suas convicções. Mas, contrariamente à paixão por uma mulher, que pode destruir por completo a lucidez de um homem, a paixão pela harmonia dos vinhos e das comidas não destruía nada, apenas punha numa permanente tensão os pensamentos e a realidade do gosto. Embora numa noite de Inverno do ano passado, em Inglaterra, ao beber um excelso Porto Vintage, João tenha chegado a produzir um outro discurso, julgando o vinho com o mesmo poder destrutivo de uma mulher: perante a beleza nenhuma ideia resiste. Mas, de um modo geral, a apreciação do vinho é mais intelectual, diminuindo assim a efectividade do perigo.

João acordou hoje um pouco mais tarde do que o habitual. Um sonho pô-lo indisposto o resto do dia. No seu primeiro ano em Paris, aos vinte e seis anos, João conheceu uma mulher que muito o interessou, embora evidentemente não fosse paixão, e era essa mesma mulher que se insurgira nos seus sonhos, lembrando-lhe agora em vigília, uma vez mais, que a variabilidade dos humores pode depender de coisas longínquas, até inexistentes, como era o caso, já que a vivência do sonho contrariava a vivência real, embora a mulher existisse de facto. Sempre que se encontrava embrenhado numa nova obra, e apenas quando a sua realização já se não encontrava ameaçada, vinha aquela mulher atormentá-lo através daquilo que não podia controlar na sua vida: os sonhos. Precisamente quando se sentia mais poderoso do que nunca, chegava-me pelo sono a vulnerabilidade. E, onde quer que aquela mulher estivesse, nada sabia de mim e a sua vida passava totalmente sem pôr sequer a possibilidade da minha existência. Nunca compreendi o que quereria dizer-me a mim mesmo com a repetibilidade deste sonho. Nem sequer a sua importância na economia da minha criatividade. E a sistematização do acontecimento impedia que pensasse em acaso. Por vezes pensava se ela não seria, para mim, aquilo a que os poetas chamam ancestralmente musa. Efectivamente, musa poderá muito bem ser uma mulher incontrolável e inexistente aqui e agora, longínqua. E talvez criar não seja senão a tentativa de encurtar essa distância, de estar face a face com a origem. Mas, então, a acontecer, também provavelmente a criação seria de imediato interrompida. Aquilo que sabia é que hoje, fizesse o que fizesse, aquela mulher não lhe sairia da cabeça. O melhor é sair já de casa, procurar refúgio entre a vida das outras pessoas. Porque por vezes isto quase se não aguenta. Não é amor nem sequer a falta dele, é a possibilidade falhada. Querer também ser aquilo que se não é, e sem deixar de ser o que se é.

Na rua não pôde deixar de reparar na agitação, no medo que perpassava pelos gestos desconfiados das pessoas, como se de repente a morte as pudesse atingir, vinda de qualquer lado, inesperadamente. Na casa de pasto ao fim das escadas do Rossio, polícias entravam e saíam e os civis que se aproximavam hesitavam entre a curiosidade e o temor. Havia pessoas a serem levadas para dentro de uma carruagem por entre gritos que procuravam assim inverter a situação, anunciando uma inocência que se não chegava a perceber qual. Um homem tinha o rosto coberto de sangue e mal se aguentava de pé, e três polícias junto a ele continuaram a bater-lhe até que por fim sucumbiu. Um outro, com uma cadeira na mão e impropérios mantinha ainda os polícias afastados, mas foi por pouco tempo, alguém o atingiu com um tiro na perna e o pobre contorcia-se agora no chão com dores. Foi tudo demasiado rápido para parecer verdade ou, pelo contrário, a verdade é precisamente assim, rápida e difícil de aceitar. João estava atónito, procurava qualquer coisa que o reintroduzisse no mundo. Parece que a noite passada tentaram matar o marechal, sussurrava alguém junto a João, queriam incendiar o paço e tudo. De facto, Francisco havia-lhe dito que corriam uns rumores de conspiração. Mas a primeira coisa em que pensou foi se estes acontecimentos não iriam prejudicar a composição do seu *Requiem*. Depois compreendeu que, pelo contrário, era como se o mundo concordasse com aquilo que estava a escrever. Mais: como se o mundo precisasse mais do que nunca do que estou a escrever. A polícia, ao ordenar aos civis que se afastassem daqui, interrompeu-me os pensamentos. Dirigi-me a casa do Francisco, para saber com mais precisão o que se estava a passar. Ele já deveria certamente saber de tudo. Paradoxalmente, nos dias em que se erige uma obra sentimos simultaneamente que dominamos por completo o nosso destino e que não podemos fazer senão o que estamos a fazer como se algo ou alguém nos comandasse. Mas seja como for é irrelevante. O que verdadeiramente importa é a miséria que entra pelo corpo dentro, que nos atravessa, que nos derrota mesmo na realização da obra. As intempéries que assolam a solidão de uma vida. Nada nos pertence, nem os sons, apenas a vontade de sermos o que não somos. As palavras de Francisco, esta manhã prenderam o general Gomes Freire, não causavam a indignação que poderia pensar se conjecturasse antes essa possibilidade. Se, ao invés, tivesse dito que ia para Londres, não se produziria no meu espírito reacção muito dissemelhante. Não é que João não estivesse preocupado com o decorrer dos acontecimentos, só que já se habituara a perder pessoas, a saber que não podemos contar que elas permaneçam conformes à nossa vontade. Aquele senhor simpático que havia conhecido há dois anos em Paris, e que reencontrara há dois ou três meses casualmente em Lisboa, já entregue à sua reforma e a alguns delírios, à miséria reforçada da velhice ou do início dela, não lhe causava propriamente indiferença. Mas é assim. Vive-se para pouco mais do que amargar e é com isto que temos de viver. Francisco estava consternado, talvez porque também compreendia melhor o infortúnio do general através da aproximação das suas idades. Realmente, um homem que combatera toda a sua vida, pela Europa fora, que havia enfrentado várias vezes a morte, a prisão, o desamparo, a fome, o frio, que sempre se mantivera soldado contra todas as adversidades, que nunca pronunciou a palavra deserção senão para castigar quem abandonava o lugar que deveria ocupar, era um triste fim acabar nas cadeias de Lisboa por conspiração, humedecendo os ossos até ao desespero e desprotegido contra a crueldade de uma memória. Mas é assim. Somos ameixas sobre a mesa à espera do fim, que havemos de fazer. Foi mais ou menos isto que devo ter dito ao Francisco. E o que se diz também não serve de nada, é claro. Evidentemente, ninguém de bom senso poderia pensar que o general tivesse alguma coisa que ver com a conspiração. O homem já não vivia completamente neste mundo. Dava dinheiro a quem o pedia, dava tudo. E se tinha planos para alguma coisa, eram tão pouco exequíveis que ninguém poderia levar isso a sério. Mas, enfim, a maldade dos homens pode muito e a vingança é uma bicha solitária que corrói precocemente muitas vidas. Quantos não vivem só para alimentá-la! A tristeza, esse cão abandonado pelo dono, acompanha-nos sempre. É mesmo o que nos enforma. O corpo não passa de uma massa de tristeza. Pobre Gomes Freire, entregue ao abandono; pobre Francisco, entregue a um futuro indigente; pobre de mim, entregue à lucidez; pobre do mundo, entregue a si próprio. Havemos todos de morrer vivos.

    Ao regressar a casa, para o piano, João não tinha quaisquer dúvidas de que gostava cada vez menos de si próprio. O calor da tarde de Primavera alagava a sala de luz para um homem só. Os pais, o tio, cintilavam de novo a uma ausência irremediável.

Abandonado à luz e à música sentia de novo a sua vida reduzida ao *Requiem* que compunha. Lembrou a mulher longínqua dos sonhos, a ferocidade dos homens, a injustiça e a ingenuidade cravadas no coração de Gomes Freire, a aridez musical de Lisboa. Nenhuma vida guarda em si algo de verdadeiro. Há apenas enganos mais ou menos dissonantes, intervalos maiores ou menores numa escala de poucas notas. O *Dies Irae* rasgava-me por dentro: *Quid sum miser tunc dicturus? Quem patronum rogatarus, cum vix justus sit securus?* Sim, que posso eu dizer, que posso esperar, miserável ente? Quem pode interceder por mim, quando o próprio justo queda na inquietação? Não procurei Deus, mas a música. Não agi no mundo, mas sobre ele. E nem sequer sei porque é que os sons me visitam, compreendo-os apenas, sou músico. Quem poderá interceder por mim? Que posso esperar senão a miséria eterna, um coração humano, um ouvido que me entenda, a instabilidade infinita? E terá esta vida valido a pena se não alcançar a plenitude de Bach, de Mozart? E, ainda que alcance, valerá mesmo assim a pena? Haverá algum obscuro lugar onde o belo seja equivalente ao bem? E em que parte do coração humano acontecerá essa equivalência? Existirá mesmo essa porção de coração? Que palavra, que som, que gesto vale uma vida humana? E o que é verdadeiramente isto, uma vida humana? Que podemos fazer para afastar ou diminuir a miséria? Tantas vezes tenho feito as malas e partido. Nenhum lugar me resguardou da angústia, da dúvida, da precoce presença da morte. O apaziguamento terá de ser tão evidente quanto Deus. Esta nossa natureza morta arrasta-se com gestos de desespero, completamente imóvel no seu destino. Mesmo agora assisto a um espectáculo cruel, lá fora, em baixo na rua.

João regressava à consciência do seu abandono. Está de novo entregue à espera, prostrado num futuro exíguo. Nem ao piano o tempo avança. As notas, embora tocadas de modo idêntico aos dias anteriores, soam pusilânimes, indigentes da ilusão. Evito aproximar-me da janela, da fome, este escândalo da compaixão. Hoje ouvem-se mais gritos do que o costume e o piano não pode fazer nada. Sente a cabeça a rebentar. Chora com todo o corpo, revolve-se na cama. Talvez o mudo melhorasse se assistisse à sua dor. Mas o infortúnio alheio não tem poder de redenção de coisa alguma. Se assim fosse, bastaria olharmo-nos uns aos outros. A mulher longínqua regressa, agora já lhe chega de dia, durante a vigília. Sinto-me impotente para a afastar. Todas as decisões tomadas até aqui doem-me cada vez mais. Essa mulher, na minha memória, usa a mesma estratégia com que vencemos o exército de Massena, da terra queimada. Quando aparece destrói tudo quanto pode, depois recua, afasta-se até novo confronto. Assim, a memória de João torna-se infértil, incapaz de produzir enganos, de olhar para trás com a experiência do futuro desconhecido desse momento rememorado. Não tem verdadeiras recordações, vive tudo o que lhe assalta a memória como se fosse o momento presente, mas um presente isolado, sem futuro, sem passado, uma prisão de factos irresolúveis. Aquela mulher está ali, frente a ele, mas ele não a tem. Mas também não tem sequer a alternativa que, no passado, venceu face à possibilidade de vir a tê-la. Está encarcerado num não infinito, incontestável, irreversível. Não sou uma memória, mas uma contínua pedra arremessada contra mim. Não pode amar nem ver a música que traz dentro de si. Não pode morrer sequer, embora viva continuamente a experiência limite da sua própria morte. Como uma sombra, ele é a ausência de si próprio. Não é um homem, apenas um só momento dele no tempo. Foram semanas neste inferno.

Quando se levantou os sons regressaram, assim, sem mais. Em dois dias escreveu a primeira parte do *Offertorium: Domine Jesu*

Christe, Rex gloriae, libera animas omnium fidelium defunctorum de poenis inferni et de profundo lacu... Senhor, Jesus Cristo, Rei da glória, resguarde das dores do inferno e do abismo sem fundo as almas de todos os fiéis já mortos. A música era de uma beleza constrangedora, doce e grave, como o anjo que nos há-de vir buscar, que nos há-de levar para o infinito pó, para o definitivo não. E surgia-lhe numa tonalidade jamais usada em música coral-sinfónica: sol bemol maior. Aquilo que parecia ir contrariar toda a estrutura do *Requiem*, em dó menor, acabava por assumir-se precisamente enquanto coração da obra: forte, invulgar mas generoso devido à incontestável genialidade do ritmo e da melodia. Transformava a tristeza em algo mais do que alegria, em belo. Se este último pertence à arte, a alegria pertence à vida. E, novamente, sentia a arte acima da própria vida. Mais: só esta poderia sustentar a vida, dar-lhe sentido. Não consigo a alegria, é certo, mas transformo essa ausência numa presença infinita, assustadora de belo e de inalcançável. Hei-de encarcerar a minha própria miséria numa frase infinita. Não obstante, a tristeza ao transformar-se em belo concedia alguma alegria. Fugaz, contudo. Apenas o suficiente para se saber o seu sabor.

De modo a poder preservar este seu estado, apareceu ao fim da tarde em casa do seu amigo Francisco. Este tinha a capacidade de dispor o espaço, aquilo que nos envolve, em conformidade comigo mesmo. Só assim era possível compor. O mal é o tempo, a parte interna do mundo, donde pode efectivamente vir a grande arte. Mas, para João, isto só seria possível se tudo o que o envolve estivesse bem. Pois só se pode descrever o que se passa no mundo ou na alma se o mundo ficar suspenso, se por momentos, os da criação, não existir nada mais senão tempo. O infinito a sufocar o finito. Nada mais importa senão a existência e um desprezo imenso por tudo. O homem desesperado de morte a vociferar de inveja contra o Eterno. No fundo, toda a grande obra é um *Requiem*, a angústia do Repouso. Francisco escutava-me com a atenção que podia e as curtas palavras que proferia desenvolviam alhures no meu interior sons desmedidos, contra o apodrecimento das ameixas sobre esta mesa de Deus. Sei agora que o tempo teme a arte, a grande arte que nasce precisamente na escoabilidade dos dias ao longo da consciência, e que, através desta mesma consciência, toda a grande arte se transforma então em natureza morta. Gomes Freire foi condenado à morte por enforcamento, disse-me por fim Francisco, neste país já se faz de tudo, já mandam matar homens através da justiça, por caprichos de gente mesquinha. Sim, porque ninguém tinha dúvidas que a sentença só poderia ter sido encomendada por algum verme, talvez por algum rancor passado. Francisco soube por fontes seguras que alguém influente sublinhou rigorosamente a captura de Gomes Freire. Mas isso também não é assim tão importante. Se não fosse esse verme seria outro, e se não fosse ao general seria também a um outro qualquer. Aliás, é o que está sempre a acontecer, nem sei como é que as pessoas inteligentes ainda ficam indignadas perante o contínuo desamparo da nossa natureza humana. O que há a fazer, Francisco, é o desprezo. Viver lúcido, ainda que seja à revelia de todos. Ter apenas a morte e a música diante dos olhos enquanto única certeza. Só a partir daqui se pode começar a entender o que quer que seja. Antes de regressar a casa, ainda acompanhei Francisco num excelente Porto Tawny.

A caminho de casa não pode deixar de pensar que, perante a estética, facilmente o sentido ético recua. Ainda que possamos saber que a nossa vida pode correr muito pior do que corre, sofrer-se mais do que se sofre, perante um momento de prazer esquecemos toda e qualquer possibilidade de desventura. Que importa o desamparo do general, a quem desejamos bem perante um vinho excelente que se nos impõe beber? Que importa, até, a morte de um amigo perante uma obra eterna erigida por estas mãos? Que importa o que quer que seja que aconteça no mundo perante um amor vivido com intensidade, como o Nunes proclamava na reunião em casa de Francisco? Não é que não queiramos o bem, o que não podemos é sair de nós mesmos. Não podemos sentir o mal dos outros, apenas pensar nele e sentir piedade, que outra coisa mais não é senão pensar. Pensar que não seria bom se nos acontecesse. Mas não podemos viver em conformidade a isto. Pensa-se e pronto! Viver, vive-se connosco. Com as nossas dores, as nossas desilusões e todo o mesquinho que nos habita. Pensa-se a grandeza, a elevação, e vive-se o que somos, esta exiguidade incapaz de ser um outro. E ainda que se viva uma vida de miséria profunda, se por acaso a desventura terminar, voltaremos a maldizer a nova vida, porque o passado não nos morde com a profundidade do presente. Num corpo, o bem rui naturalmente. E, se encetarmos estratégias de esquecimento dele, talvez também nos esqueçamos da nossa humanidade. Regressar a casa, seja de onde for, por menor que seja a viagem, depõe-me sempre numa angústia intolerável. Em rigor, sinto que caminho para a minha própria morte.

Já era Junho, uma semana inteira havia passado por mim sem que o *Requiem* avançasse. Mas estranhamente não sentia qualquer incómodo ou aborrecimento, como se aquela espera fizesse parte da própria obra e não fosse uma qualquer interrupção, que era sempre sentida com a agonia da possibilidade de ser não uma pausa, mas o próprio fim, a ruína da obra. João sabia de antemão que faltavam três partes ao *Offertorium*: a *sed signifer*, a *hostias* e a *quam olim*; e que não pretendia exceder trezentos compassos. Também sabia mais ou menos as frases que constituíram essas mesmas partes, e que seriam mantidas na tonalidade de sol bemol maior, tal como a primeira parte que já havia escrito. E essa antecipação, ainda que em potência, ou principalmente por estar somente em potência, abria-lhe um horizonte de serenidade e certeza inexpedíveis quanto a prosseguimento do *Requiem*. Acaso isto não estivesse a acontecer, muito diferente seria o seu estado de ânimo. Mas as frases apareciam e desapareciam com alguma lentidão e independência sobre a estrutura oscilante que previra. E, por vezes, as frases até iam mais longe, adiantavam-se para além da estrutura do *Offertorium* e invadiam o que ainda faltava ao *Requiem*, o que não havia sequer pensado — exceptuando um esboço da parte final, claro. Sem dúvida, mais importante do que as frases que iam e vinham, era saber antecipadamente o que queria, ainda que não estivesse de todo constituído. Assim, deixava-me estar neste aparente ócio, permitindo que as frases me impregnassem do seu próprio sentido, como se estivesse escolhendo roupa para uma ocasião já predeterminada — em que se sabe aquilo que se deve vestir e, principalmente, aquilo que se não deve. Esta é uma etapa fundamental na realização da obra, tal como as violentas ressacas anteriores, mas, ao contrário destas, agradável.

A manhã estava cinzenta e havia um silêncio mórbido que se instalava junto à alma do compositor. Em frente ao retrato dos pais, o pânico aconteceu. A morte e o horror de estar vivo. De novo, a inutilidade da música. Debruçou-se na janela tentando encontrar a respiração. Esqueceu-se por completo dos movimentos necessários a fazer para a entrada e a saída do ar, mas não havia esquecido a necessidade de fazê-los. Pelo contrário, a perda da capacidade de respirar intensificara a consciência da imprescindibilidade do acto. De tal modo, que não conseguia pensar em outra coisa. Julgo ter desmaiado pouco depois, mas não estou completamente certo disso. Houve uma interrupção na consciência e, de repente, estava já mais calmo. Tinha de conseguir concentrar a sua atenção em alguma coisa que permitisse neutralidade emocional. Ficar face ao mundo de um modo semelhante àquele com que usualmente estamos face ao acto de respirar. Literalmente, para sobreviver tinha de conseguir primeiro estar no mundo como se estivesse em um outro lugar qualquer, estar no mundo sem dar por ele. Tinha de estar no mundo como se já estivesse morto, só assim poderia efectivamente sobreviver. Começou a sorrir perante a evidência da frase do filósofo Descartes: *cogito ergo sum*. De facto, primeiro tenho de pensar, para depois então poder existir. Estes pensamentos salvaram-lhe a vida. Nada como o abstracto para nos devolver a inata conformidade ao mundo. Mas esse abstracto tinha necessariamente de ser acompanhado de superficialidade, para poder surtir o efeito pretendido. Caso contrário, os pensamentos conduzir-me-iam a um desespero irremediável. Já mais calmo, sentado ao piano, pensou no seu amigo Silvestre e no estímulo que sempre lhe deu na leitura dos filósofos. Provavelmente sem isso estaria agora morto. Voltou a sorrir. A vida do músico acabara de ser salva pela filosofia. São dez horas, o sol hoje já não deve vir.

Os meses de Junho e Julho passaram sem *Requiem*, mas também sem quaisquer preocupações ou desordens interiores. Tocou todos os dias oito horas de piano, viveu apenas segundo a técnica, viveu para o aperfeiçoamento do estilo. Nestes dias de sonatas, voltei a sentir a leveza e a disciplina de uma vida de instrumentista. Houve ainda disponibilidade para pôr a atrasada correspondência em dia. Foram dias que poderiam muito bem não ter existido, pois nada havia que os diferenciasse uns dos outros. Por isso não pode espantar a resposta que deu ao Francisco quando este lhe perguntou o que andara a fazer estes dois meses: anteontem toquei piano e ontem escrevi algumas cartas. Não eram os sofríveis dias de espera ou os da euforia criativa, eram os dias em que nem nos lembramos de que existimos; sem dor, sem alegria, sem paz, sem tormentos, sem consciência de si próprio. Esta ausência de consciência é precisamente o que distingue estes dias dos dias de tédio. E o convívio com Francisco era perigoso. Porque, através da importância que ele atribui à música, eu poderia ser levado a julgar que ela é efectivamente importante para o mundo, quando não é, e deste modo poderia instalar-se de novo o sofrimento ou a esperança. João reconhecia não dever estar com uma pessoa que lhe devolvia a consciência e, com esta, os demónios da composição e da existência. Neste momento, sabia que não podia entregar-se nem à arte nem à vida, apenas à técnica. Só esta lhe garantia a neutralidade que necessitava. Temia que acontecesse de novo esquecer-me de como respirar. Inconscientemente, tinha sido isto que o havia afastado da casa de Francisco, e agora as palavras deste tornaram-me tudo claro: tens de continuar a trabalhar esse *Requiem,* homem! Queria precisamente esquecer o *Requiem,* queria voltar a ser aquele que sempre fora até este maldito regresso a Portugal: o pianista, o compositor de sonatas. Queria voltar a ser o homem antes da morte do tio, que lhe trouxe de novo a morte dos pais e a sua própria morte.

Amanhecia com uma tristeza ligeira ao longo dos olhos. A janela não traz coisas boas e o piano é um pobre animal à espera de mãos, de uma atenção qualquer, cuidados que não há. O piano é o homem junto a uma parede, cansado, usado, triste na sua confinada madeira. Necessita tanto de uma emoção vinda de fora, de um entusiasmo que não tem. Necessitar é o verbo que o enforma. Eu piano necessito de, ouve-se por toda a casa. Eu piano necessito de, alaga por toda a alma. Eu piano necessito de, toca o homem. Eu piano necessito de, escreve o espírito. Nada cresce senão o calor e as horas do dia. Mas crescem até quando? Nada morre senão o homem, mas morre até quando? Tanto nada mas até quando? E a mulher regressa, o tormento desalinha os cabelos. A mulher que não existe senão no coração do passado, no coração da memória, no coração de talvez não ter sido nada disso. A mulher no coração da dúvida, o piano no coração do dia, o homem no coração da escrita. O mundo o coração de tudo.

A tristeza suave, que tudo permite, acabou por lançar-me na euforia, de novo no *Requiem* que temi me lançasse contra mim. Mas era já inevitável, o *Offertorium* voltava, sabe-se lá de onde, e não permitia sequer que João tivesse a alternativa de adiar a sua escrita. Já, diziam as frases que o atravessavam, já. Sou novamente escravo de criar, de novo um nada de vontade. E a razão é tão vagarosa que atrapalha o voo das frases, que assim não podem outra coisa senão deixá-la ficar para trás. Homem instrumento do belo, João quedava-se mudo a ouvir o que dentro dele se passava. Por vezes, julgo que não compreendo mesmo nada e, no entanto, sei que sei tudo. E sinto um desamparo tangível, como se uma ausência demasiado concreta o envolvesse por completo, eu eu-mesmo que me não tinha. Como se algum sentimento, alguma vivência já esquecida aparecesse agora e lhe roubasse a sua própria alma, o seu próprio ser, a sua própria vida, João entregava-se em desespero ao desconhecido de si próprio, enraizado numa evidência, e escrevia tentando recuperar a inocência do vazio, o som originário da sua própria essência. No fundo, tratava-se de um combate mortal entre um agora gigantesco e um passado quase rarefeito. Este David acaba sempre por derrotar Golias. Mas, antes de cair, Golias vai erigindo frases que constituirão uma obra testemunho da invencibilidade do já vivido face aos actos. Se, aqui, Golias parece ser o herói, o bom, aquele que gostaríamos que vencesse, contrariamente à narrativa bíblica, devemos também ter presente que isto não é inteiramente certo. Perguntemos a nós mesmos, do seguinte modo: preferiríamos que vencesse a arte ou a vida?

Queria muito acreditar no homem mas, insensatez por insensatez, Deus parece-me mais coerente. São sem dúvida palavras oriundas do estado em que se encontra, da sua escravidão, palavras da arte, não daquilo que usualmente é. Dias em que o nada é o único amigo que temos. Dias em que, contrariamente ao valor ético da alegria, nos resta somente o valor estético da tristeza. A existência é um erro inevitável.

Novamente Novembro, novamente as terras frias do Minho. A dezoito de Outubro, se havia alguma réstia de esperança neste país ou no próprio homem, desfez-se por completo. O general Gomes Freire de Andrade foi enforcado na esplanada do Forte de São Julião da Barra. Na semana seguinte, João partiu em direcção ao Mosteiro de Bouro, embora tenha ficado hospedado em Braga. O *Requiem* não avançava e o interesse pela *Obra de Primeiro Tom sobre a Salve Regina* de Pedro de Araújo crescia desmesuradamente. Senti a necessidade de tocar essa composição não só num órgão, mas nos órgãos em que o autor havia tocado. Passou-se um ano e passou-se uma vida. Era um outro homem que aqui chegava, já não para o seu aniversário, já não para o seu tio, mas para o completo abandono da sua vida à arte. Meu tio foi sempre o elo que me prendeu à vida, à esperança, a um sentido ético que me defendia da escravidão ao sentido estético. Até aqui a música fora uma esperança, agora exacta medida do desespero. E, no entanto, o *Requiem* poderia muito bem parecer o contrário. Mas não, o Repouso que se pedia a Deus que concedesse aos que já haviam partido era também a exacta medida do desamparo que haviam sofrido nesta vida, se Deus cuidasse efectivamente das almas. E o que era a miséria senão não mentir a si próprio acerca de si próprio e acerca do mundo, uma lealdade à verdade que era também já uma linguagem, qualquer que ela fosse: a única e esplendorosa grandiosidade da existência. Por isso, João não podia deixar agora de defender a arte contra a própria vida. O *Requiem*, o completo desamparo, as ameixas sobre a mesa à espera da corrupção, seriam o seu esplendor. Alhures na alma humana o desamparo subia à consciência e, já tornado miséria por esta última, transformava-se depois numa força prodigiosa que enfrentava a Natureza e o Tempo.

Foi assim que, nos órgãos da Sé de Braga, construídos há quase cem anos pelo frade franciscano da província de Santiago de Compostela, Simón Fontanes, e pelo mestre entalhador e arquitecto lisboeta, residente na cidade do Porto, Miguel Francisco da Silva, João compreendeu de uma vez por todas que a vida só vale na exacta medida em que é regida por uma linguagem, por um discurso que a sustenha. Repetia constantemente, como se a defendesse contra o frio da noite, que a música é mais importante do que a própria vida. Não é que a vida valha pelo que dela fazemos ou pelo que nela fazemos, a vida vale pelo que não deixamos que ela nos faça. A vida de um homem vale tanto mais quanto mais ele conseguiu contrariar a própria vida, contrariar com uma linguagem a liberdade da alma e o destino da carne. Uma única obra, pequena — cento e dezanove compassos — revolveu-lhe por completo tudo aquilo em que acreditava ou julgava acreditar. De repente, começou a escutar a verdadeira voz da música, a verdadeira voz da criação, e não se cansava de tocar esses compassos de Araújo. Para além da própria música, os compassos diziam: a liberdade do bem não compreende o sentido da criação, o sentido da vida. Sim, porque a vida humana só existe enquanto se nega a si própria através da linguagem. O sentido da vida é destruir-se a si própria antes do fim, antes de ser dominada pela Natureza e pelo Tempo; uma luta da morte contra a sua liberdade. Por esses dias, a música tornou-se um sorriso enorme. Não era felicidade, era a miséria apaziguada. Apaziguada no esplendor da escravidão estética. Até aqui sempre compusera com demasiada consciência, demasiado domínio sobre a linguagem. Compusera com conhecimento e liberdade, a analisar e a decidir. Nunca soube o que era estar deitado, exausto na cama e ser obrigado a levantar-se para escrever; chorar de dor e cansaço e pedir que parasse, fosse o que fosse que estivesse dentro dele, parasse, lhe desse descanso e, no entanto, acaso o descanso por fim acontecesse, ao fim de uma hora, talvez duas, ali estava de novo desesperado à secretária a escrever. Sim, compreendeu que antes do *Requiem* nunca soube o que era isso. E se muito sofria naquelas horas de imposição criativa, também sabia que já não mais poderia passar sem esse sofrimento; desejava-o como um fraco deseja a vida. As minhas sonatas, tudo o que até agora escrevi não passam de exercícios, de coisas bem feitas. Na política, os homens clamam por liberdade, clamam por si próprios, com se se desconhecessem ou desconhecendo-se mesmo. Eu, assumindo por inteiro a minha humanidade, clamo somente pela doce escravidão. Porque não se pode compor verdadeiramente senão para além de si próprio, para além do que se sabe, para além do que se quer. Temos de abandonar a identidade, a liberdade e a vontade. O Bouro e Braga estavam a fazer-lhe melhor do que Paris, melhor do que Londres. Por fim, escutou-se o acorde final em ré maior, de Pedro de Araújo, e enquanto sustentava o som desse último compasso decidiu ir deitar-se, sentia-se exangue, já não conseguia concentrar-me naquilo que estava a tocar.

Passou o Inverno entre a Sé de Braga e o Mosteiro de Bouro, por entre chuva e peças de Pedro de Araújo. E, principalmente, até à exaustão os cento e dezanove compassos da *Obra de Primeiro Tom sobre a Salve Regina*. Não espanta então que tenha sido ao órgão do mosteiro que iniciou a última parte do seu *Requiem*, *Agnus Dei*, saltando assim por cima de partes que ainda não tinha escrito e que já decidira fazer, *Sanctus* e *Benedictus*. Em *andante sostenuto*, oito compassos quaternários em mi bemol antecipavam a entrada do tenor: *A-gnus* (duas mínimas em si bemol) *De-i, qui* (mínima e duas semínimas em lá bemol) *tol-lis pec-* (novamente mínima e duas semínimas, agora, em sol natural) *-ca-ta* (mínima aumentada e semínima em fá natural) *mun-di* (aqui, só meio compasso com duas semínimas em mi bemol). Depois, havia uma pausa de mínima e, no último tempo do compasso, iniciava-se a repetição *pec-* (oitava acima da anterior, onde entravam também as outras vozes, que seguiam) *ca-ta, mun-di, do-na e-is re-qui-em*. Os primeiros quatro compassos, até à pausa da semínima, são de uma doçura, de uma capacidade de perdoar que só o belo tem. Depois, os compassos imediatamente seguintes assumem uma força breve, mas suficiente para reforçar as palavras *pecata mundi*, como se a beleza ruborizasse perante os pecados do mundo. Nesse primeiro dia em que o *Requiem* regressou, não avançou muito, apenas o necessário de modo a chegar a ver o futuro desta parte, que será precisamente a última.

De novo a excitação sentida nos seus últimos limites. De novo uma compreensão para além da sua própria humanidade, das suas próprias forças. Lia e escutava Pedro de Araújo como se tivesse sido ele mesmo a compor a composição que o fascinava. Compreendia melhor essa peça do que o seu próprio *Requiem*, já que este estava a ser escrito num estado de afectação em que havia tanto dele quanto de desconhecido, provavelmente até mais deste, enquanto a peça de Araújo era verdadeiramente dele, muito mais dele do que do seu autor. Também um dia o seu *Requiem* haveria de ser por inteiro de um outro compositor. Hoje é a sua vida, o seu mistério, a sua morte, a natureza morta da minha própria existência. Inevitavelmente, nos últimos dias de Março, já concluído *Agnus Dei*, instalou-se a depressão. Uma profunda depressão que o aprisionou à cama e às náuseas, principalmente se por insensatez se esforçava por reler o que havia escrito. Sentia uma enorme vontade de se vomitar a si próprio, à sua própria existência. Nesses dias, pensar em mim era um inferno. E vivia em consciência nesse inferno, exceptuando as horas de sono, que felizmente eram muitas, como se Deus me poupasse de mim. Não comia, não bebia, apodrecia apenas e sem qualquer luz interior. São dores intensas que encontram a sua origem no excesso de expansão levado a cabo pelo espírito nos meses anteriores e só agora sentidas na alma e no corpo. Este último não se move, sequer por um instante, e a alma move-se apenas para buscar dor. Isto não é a morte, tal como o que se diz do inferno, é pior. Sentimos a larva a corroer-nos por dentro, sentimos as dores da carne a rasgar-se pouco a pouco e continuamente, sentimos o cérebro a fazer de nós um demente. Todas as mortes, todos os seus mortos se reuniam à volta da cama e culpavam-me. Mas o maior pânico, o terror era sem dúvida a consciência de si, a consciência do seu nada, e a larva por dentro, que, depois de se alimentar no interior do nada que sou, abriria as asas e aterrorizaria o mundo. Seria ainda responsável por mais essa culpa. A culpa não vinha apenas do passado, chegavam agora também culpas do futuro, culpas ainda sem rosto definido, que outra coisa mais não é do que a essência da culpa. Pensava no seu *Requiem* e a cabeça explodia, as lágrimas escorriam-lhe secas pelo rosto, apertava as fontes, gritava, gritava sem som. Era um ser de dor e culpa, e a puta da larva. Quando o quadro de Chardin lhe começou a aparecer em sonhos, começou também o seu medo de adormecer. Já nem em inconsciência estava a salvo. Os pesadelos corroíam-me tanto quanto a larva do dia. Não tive outro remédio senão embebedar-me, continuamente, com a aguardente do Minho. O álcool mantinha-me de algum modo indiferente e permitia também que as poucas horas que então dormia não fossem em sobressalto.

Mais tarde, após os dias de sofrimento, reconheceu nunca haver sentido estes ataques tão fortes, as ressacas, como preferia chamar-lhes, e atribuía isto à genialidade do *Requiem*. Havia em si uma guerra pelo sentido da sua própria vida, mas uma guerra à sua revelia: o tempo esforçava-se por aniquilar a minha vida e, igualmente, o *Requiem* esforçava-se por aniquilar o tempo.

A Primavera era-me completamente indiferente. Mas, por vezes, um ou outro cheiro trespassava a sua indiferença e magoava-o com a evidência gélida do passado irrecuperável. Um tempo em que, ainda que a larva já o corrompesse, era vivido como se ainda não existisse esse bicho que se alimentava do seu nada. A larva é o coração de tudo. Por sob o rosto mais belo de Paris, há um verme trabalhando sob a ordem do tempo. João decidiu partir para Lisboa e terminar o *Requiem*. Precisava do conforto de sua casa e do desconforto da cidade. Mas, acima de tudo, precisava das conversas com Francisco acerca dos progressos da sua composição.

Maio, Lisboa e a confiança desmesurada na sua euforia. Não conseguia sequer falar consigo próprio. Mais do que eu, havia o mistério em mim. Ao olhar para trás, para a segunda menor, para a morte do tio, para a vida, para a infidelidade da memória, para a natureza morta de Chardin, para a progressiva ruína de Portugal, sentia crescer dentro de si o *Sanctus*, como se fosse esta a parte do *Requiem* em que o homem se redime da culpa de existir. A serenidade de quem aceita aquilo que lhe cabe, após eternas guerras consigo, com os outros, com o mundo. Serenidade que, mais do que qualquer outra coisa, era a certeza de que a vida nunca poderia ter o valor da arte. Pelo contrário, aquela seria sempre súbdita desta. Se no mundo dos homens houve uma revolução francesa que democratizou as relações entre eles, cidadanizando-as, no mundo de cada homem para si próprio jamais se produzirá qualquer espécie de revolução. No mais fundo da existência não há revoluções. Nunca haverá uma revolução que nos liberte da pusilanimidade com que nos enfrentamos a nós mesmos. No âmago da linguagem e dos dias, escuta-se somente o mistério e a beleza. Pois, em verdade, só se sofre de amor e de uma obra por cumprir. Sofremos do amor que não há, que desaparece nos olhos fechados para sempre de uma mãe, e que recusamos aceitar, até porque sempre vamos encontrando pelos dias o rosto do outro e, assim, fazemos do amor a criação de todos; sofremos da beleza que teimamos eternamente em trazer ao mundo, e que não seja suficiente, nem para ele nem para nós. E será para sempre assim, para sempre sem quaisquer revoluções. É esta a exacta medida que nos cabe: a consciência da exiguidade. Sucintamente, é também deste modo que podemos falar de *Sanctus,* no *Requiem* de Bomtempo. A serenidade e a altivez da certeza, que a consciência sempre confere, em tom maior.

Esquecemos melhor a morte quando a inscrevemos numa obra, disse ao Francisco. É esta a razão do *Requiem*, esquecer de uma vez por todas as mortes que tenho carregado até aqui. E sinto que, à medida que se aproxima a conclusão desta missa, vou ficando mais apaziguado, mais sereno, mais confiante. Sofri muito desde que regressei a Portugal, e nestes últimos meses em Braga, após a beleza de *Agnus Dei,* cheguei mesmo a pensar que já não suportaria continuar a viver. Quando olho para trás julgo que, de tudo o que escrevi, só o *Requiem* tem realmente valor. E sabes porquê? Porque não o escrevi sozinho. Escrevi-o com Pedro de Araújo, com a sua *Obra de Primeiro Tom para a Salve Regina,* com as mortes que teimaram em me não abandonar e, principalmente, com o mistério. Nenhuma obra vale o que quer que seja, se for escrita confinada a uma inteligência, a uma sensibilidade. No fundo, não se pode confinar a arte à técnica, à arrogância do homem. A arte é precisamente o contrário: a superação de qualquer saber fazer. Superação porque se minimiza tudo o que se aprendeu. Supera-se porque se esquece. Esqueci-me de mim, da música e toquei a essência do mistério. Deixei-me tocar por ele, parece-me muito melhor dito, porque ouvi mais do que disse. Estou agora aqui diante de ti, sereno. Porque pela primeira vez derrotei o orgulho, o medo, a vaidade. A melhor das obras deve mais ao que se não sabe do que ao que se sabe. É esta a razão pela qual de ora em diante posso viver. Submeti-me a uma linguagem desconhecida, fui escravo e, muitas vezes sofrendo horrores, rezei para nunca deixar de ser. Enfrentei, até onde pude, a minha própria miséria e a dádiva da grandeza. É pobre, muito pobre aquele que ambiciona apenas ser livre, que esgota as suas forças na prática do poder, de qualquer poder, de qualquer liberdade. A morte é apenas um menino mimado em busca da vontade dos outros. E disso, que nós somos, não devemos ter medo, não devemos fugir nem sequer submeter-nos. Olhemos na sua cara com uma frase doce na mão. Mostremos-lhe que só o mistério possui a nossa alma. Francisco, a morte morre de medo da arte. De regresso a casa, João perguntava a si próprio se o amigo teria compreendido alguma coisa do que lhe havia dito. Perguntava ainda se eu mesmo compreendia.

Na semana seguinte deu o *Requiem* por concluído. Escreveu a parte que faltava, *Benedictus*, de modo a surgir claramente enquanto transição de certeza para o belo, de *Sanctus* para *Agnus Dei*. Tinha dúvidas pontuais, ao longo de quase todo o *Requiem*, mas tinha também a certeza de que não passavam de pequenas dúvidas e que em nada afectavam o todo da obra. O que não impedia de ser assaltado por uma dúvida maior: será ou não de uma qualidade superior este *Requiem*, esta natureza morta? Ao olhar agora para lisboa deposta na noite e no silêncio, interroga-se ainda: procura esta missa também a redenção para a cidade, para a miséria que a envolve, para a cegueira dos seus homens ou, pelo contrário, mostra um claro desprezo por toda a espécie de mesquinhez? Mas de uma coisa estava certo: não me demoraria muito mais em Lisboa. Já havia ficado em Portugal pelo menos mais um ano do que inicialmente pretendia. Já nem sequer sabia muito bem o que o tinha feito regressar. Parecia-lhe tudo tão longínquo, até ele mesmo. Sentia-se cansado, sem forças para sustentar qualquer tipo de ilusão. Quando saiu de Londres, era evidente que havia um qualquer contratempo no seu interior que o afastava de si próprio. Mas hoje nem sequer isso fazia já sentido algum. Como um guerreiro que regressa a casa, depois de ter vencido várias vezes a morte, João não encontra coragem para enfrentar a paz dos dias. Não é difícil sair ileso de uma experiência limite, difícil é depois continuar. Com a manhã, compreendo que a morte ainda só agora começa. Pois, com o fim do *Requiem*, fico indefeso perante os seus sórdidos ataques. Os próximos dias, essa temível clareira, luz no sorriso dos inimigos. Sem a arte, o tempo e a morte aproveitar-se-iam para humilhá-lo, para mostrar o quanto um homem não vale uma corda afinada, não vale nada.

Sozinho no mundo, toda a responsabilidade caía sobre si próprio. E, como a sua fé, era equívoca, sofria ainda mais esse acréscimo. Pensava em João Bernardo, em Muzio Clementi, nos amigos de Paris, em Francisco. Tentava encontrar uma alegria, ainda que pequena, qualquer coisa que o ligasse à sua própria humanidade, mas não encontrava rigorosamente nada, a não ser o frémito misterioso que o impelia a criar, a alagar o mundo de beleza e de consciência da morte. A escravidão da luz que irrompia de si, ao mesmo tempo que a larva o corrompia por dentro. A ameixa só, juntamente com as outras. Por vezes, sou levado a pensar que a minha humanidade é somente uma intenção. E talvez este desejo de ser seja a própria causa do *Requiem*, como se tentasse reconduzir-me aos homens, à humanidade que suspeito não ter, ou tê-la apenas em estado rarefeito. Por outro lado, caminho muito mais na direcção de fugir de mim do que na direcção de me encontrar. Mas, também, qual é o homem que possui forças para se encontrar face a face consigo próprio, sem morrer? Tal como Medusa, estamos interditados de ver a nossa imagem reflectida, só que em nós não se trata da imagem exterior, mas da imagem interior, que confere então a impossibilidade de vermos o que faz que sejamos aquilo que somos. Talvez eu tenha apenas um adiantamento de lucidez concedido pelo tempo, para saber isto e sofrer. Talvez isto seja o riso último desse mesmo tempo, riso último sobre a arte que me escraviza e venero e com a qual, por vezes, chego a preocupar esse inimigo. E porque ser homem é ser contra si mesmo, digo: eu morte, eu contra mim; eu que me destruo, que renasço, que destruo a minha própria natureza destrutiva — eu arte. Deste modo, seria muito difícil a João adormecer.

Por mais que viajasse, nunca se habituaria à sensação de perda que as mudanças de cidade e de casa lhe causam. Sentia precisamente a falta de algo impreciso. A bagagem já estava pronta a descer para a carruagem. Levava consigo o *Requiem* totalmente escrito, faltava apenas fazer algumas revisões, pormenores, acertos. No seu último olhar pela janela, Lisboa mantinha-se perdida. As ratazanas esgueiravam-se do sol, que principiava a assumir a sua força. Como que sob a direcção da batuta de um maestro, os gritos principiaram repentinamente. De novo o dia. Sempre o mesmo dia até ao fim. Escutava em si os últimos sons, as últimas palavras do seu *Requiem: Requiem aeternum*. O repouso eterno que a vida não concede. Afasto-me agora da cidade. A música cá dentro mistura-se com a sujidade, a indigência, a miséria, o horror lá fora. E o pó envolve tudo, unifica estrada e existência. O mesmo pó que nos suja, que nos mata, que somos nós. João dirigia-se a Paris e não tinha quaisquer dúvidas de que não fazia sequer sentido gostar cada vez menos ou cada vez mais de si próprio. Esta noção — si próprio — perdia-se alhures dentro de si como um facto irremediável do passado ou a estrada que ia ficando a cada instante para trás.

Vício

*Aos senhores André Jorge
e Herberto Helder*

8 de Junho de 1891

Cheguei hoje a Ponta Delgada, após três dias de viagem. Sempre soube — ainda que não tenha dito a quem quer que seja, ou sequer admitido para mim mesmo — que este regresso a São Miguel era acima de tudo a total recusa da literatura, da filosofia e da poesia. A recusa das Letras e das Artes. Porque um homem não pode escrever para sempre. Os seus últimos anos de vida deverão estar ausentes de qualquer criação do espírito, do mesmo modo que estiveram os primeiros. Estou hoje certo de que, a partir de um dado momento, escrever assume as proporções de um vício e já não uma verdadeira necessidade espiritual. Mas o que é esta necessidade espiritual, como reconhecê-la? Porque é que ela assume uma exaltação tão grande em determinadas pessoas, a ponto de sacrificarem tudo o resto em proveito dela? Nunca as Letras me conduziram àquilo que deve reger o sentido de uma vida: a felicidade, ou o seu merecimento. Se pelo menos pudesse auxiliar alguém a alcançar esse mesmo sentido, alguém que se não queimasse nas Letras mas usufruísse de algum bem que eu não consigo, então valeria seguramente a pena o meu sofrimento. Mas estou convicto de que as Letras só podem levar alguém a perder-se, a perder a sua própria vida. É um vício tão medonho quanto o jogo. Ler é já perder-se. O único apaziguamento que ainda consigo desta minha vida é saber que qualquer coisa que seja, qualquer outra vida que tivesse, levaria ao mesmo: perfeitamente a nada. Saber isto dá-me algum descanso. Descansa saber que Deus, aqui, foi justo, e que nenhuma injustiça humana o poderá contrariar. Desejei criar. Fui ainda aquele que criou, aquele que viu o seu corpo, a sua alma e o seu espírito arderem de mistério. Agora sou o mais próximo da própria vida, o mais próximo dos desígnios insondáveis de Deus, sou aquele que desiste de qualquer ambição, de qualquer sentido que não seja a vida ínfima e necessária no vasto Universo, e em conformidade à vontade de Deus. Sou finalmente um homem. E seguro nos meus olhos o Atlântico desta ilha, porque foi neste fim de horizonte que se me deu a luz pela primeira vez. E algum vislumbre de felicidade Deus concede àquele que retorna ao altar do ventre que o sofreu. Aqui as Letras descem à terra, ao húmus que há-de sempre vencer qualquer Literatura, qualquer Filosofia. Nenhum poema remenda o tempo ou o mal que se infligiu, por incapacidade ou por liberdade. Deus tenta o sangue jovem com ambições que sabe não passarão nunca de distracções da verdadeira vida, da Sua verdadeira vontade, da Realidade que vence facilmente os impérios e os sonhos, o dinheiro e as ideologias. Hei-de amanhecer um dia na corola de uma planta, no coração da Sua verdadeira intenção. Este sim, é um sentido para a vida. Há que sacrificar tudo, até que o próprio sacrifício seja efectivamente uma dádiva por parte d'Aquele que nos sacrifica. Sempre foi assim que li os Evangelhos. Mas só agora sinto coragem para segui-Lo, segui-Lo para além de mim. Pensar — grande ideia que nos quis impor! A mais sublime das ideias. Tão sublime que está cravada no coração da recusa da Sua própria existência. Se digo "Deus não existe", digo apenas que sofro demasiado pela Sua presença, que choro por não poder livrar-me d'Ele. Todos os séculos acabam, todas as ideias se esquecem, mas a grande

Ideia manter-nos-á debaixo da Sua asa. E a terra, o húmus, é o Seu beijo no rosto da existência, de toda e qualquer existência. Mas quantas vezes não penso que tudo o que penso é doença; é amaldiçoar o homem, se o há, e amaldiçoar Deus, se nos fez. Pensar faz que tudo possa ser verdade.

9 de Junho de 1891

O egoísmo que nos enforma não nos deixa aceitar a morte — de um pai, de uma mãe, de uma irmã, de um filho, de uma amada. Desejamos tão ardentemente que essas almas, esses corpos, nos pertençam, que esquecemos que nem nós nos pertencemos. Mas só uma dúvida me rói verdadeiramente: não terei escrito e pensado apenas para afastar para longe o tédio que me atormentava a alma? Não terei escrito e pensado somente para evitar pecar ainda mais, por fraqueza do meu próprio espírito? Ou terá sido mesmo por vaidade, por idolatria? Terei pecado assim tanto, só por causa das Letras e das Artes? Porque me não bastou pecar com a vida? Porque tive ainda de pecar mais do que com o sangue? Resta-me a consolação de não ter procurado a felicidade. A felicidade não é coisa de homens, mas de bestas. Enquanto houver no mundo um homem que sofra, nenhum outro poderá ser feliz. Basta uma só dor, uma só doença, um faminto apenas, alguém longe da Beleza e do Bem para que sintamos no mais profundo do nosso ser um desequilíbrio incompatível com esse Graal da felicidade, a não ser que haja um coração completamente empedernido, incapaz de se emocionar de longe. E, ainda que trabalhemos dia a dia para alterar esta ordem das coisas, mesmo assim não seremos felizes. Pelo contrário, pois aquele que faz o Bem, fá-lo precisamente porque este falta no mundo; e aquele que faz a Beleza fá-la porque sente que o Bem que traz em si próprio não chega sequer para ele. Por isso é que a única imagem da felicidade terá de ser o paraíso: um lugar onde não há a lembrança do sofrimento. "Tu, homem, enquanto sofreres, nenhum outro poderá ser feliz"; este é primeiro de todos os mandamentos que Deus ditou, mas que Moisés se esqueceu de escrever. Antes do "Não matarás", surge esta pedra, esta expulsão irremediável do paraíso. Isto parece-me tautológico. E, assim, aqui encerrado na exposição da miséria humana sou dois homens antagónicos. Um que sofre e, como consequência, amaldiçoa o mundo; outro que se esforça por encontrar a verdade e, também como consequência, introduz esperança no mundo. Porque pensar faz que tudo possa ser verdade.

10 de Junho de 1891

O nosso medo vai ainda mais longe. Vai até à dor que infligimos aos outros. E estou hoje tão certo de que a maior dor que inflijo aos que me estão mais próximos — àqueles que mais amo — é escrever aquilo que escrevo. Magoo-os duas vezes: primeiro, porque lhes revelo uma fragilidade adormecida; depois, porque também lhes lembro que não foram eles que escreveram o que escrevi, e sei que bem o gostariam de ter feito. E gostariam de tê-lo feito porque olham o que se escreve com uma espécie de ternura que aquilo que se escreve não tem. Por outro lado, também porque aprenderam a admirar o que lhes é desconhecido. São este existente desconhecido e esta ternura inexistente que alimentam o vício. Estou tão longe daquele que escreveu o soneto "Aspiração" e pedia a Deus, não apenas a certeza acerca da Sua existência, mas uma certeza acerca da minha verdadeira natureza, acerca da minha Arte, e com a tristeza se não importava de pagá-la. Mas não podia pedir outra coisa. Temos de aspirar sempre à verdade, ainda que nos magoe e aos outros. Não precisamos é de aspirar a que sejamos nós mesmos a fazer ver essa verdade. Mas quem é que no fundo de si próprio não pediu a Deus ou ao infinito, para si, a revelação de uma pequena luz? Só as bestas, porque esta é a nossa natureza: desejar ser mais do que somos. Há só duas espécies de homens: os que pedem perdão pelos outros e os que pedem perdão por si próprios. O resto não são homens, embora também possam não ser bestas, são almas girando em torno da luz do vício, seja ele qual for, a luxúria ou a Arte.

11 de Junho de 1891

Um homem cansado e uma ilha. Esta não se cansa do seu Atlântico, o homem cansa-se da sua vida, cansa-se de si, cansa-se do tempo. É um passado miserável, como todos os passados, aquilo que nos traz à revelação de nós mesmos. Não fazemos de nós senão espaço. Espaço que levamos para além da morte, espaço que resiste ao tempo, espaço apenas. Tudo é ele e, contudo, não chega sequer para contrariar um mindinho de tempo, um mindinho de medo de que se acabe. Depois, escreve-se, pensa-se. Depois, trabalha-se a terra, verga-se o ferro, ergue-se casas, países. Depois, sempre. Mas é o antes que invejamos, ou, pelo menos, ou pelo mais, admiramos. Se vale a pena? Ninguém vale a pena. Por isso se trabalha a terra, se verga o ferro, se ergue casas, países. Escreve-se, pensa-se. Uma árvore, esse homem que não anda, esse homem que não fala, esse homem que não se abriga da chuva e onde o tempo se demora um pouco mais, não colhe também admiração. Admiramos verdadeiramente só o que não há. E a experiência que se pode ter disso é uma vizinhança, obviamente, as Artes e as Letras. Na vida, o fim não pode nunca ser razão do princípio e do meio. O princípio, esse, não é razão de nada. O meio, esplendor de medo e de arrogância, é razão de tudo. E no que um homem acaba! Quem viu alguém derramado numa cama, perdido, a precisar que o ajudem a fazer tudo, que lhe façam mesmo tudo, não pode esquecer essa imagem. A vida já foi, e ele continua ali. Alguém que continua para lá da vida, para lá da sua própria vida. E, no entanto, está ali. Queixa-se, sofre, fala, ingere alimentos, liberta fezes. É um bocado de espaço ainda com tempo, mas a vida já foi. E esta imagem que se não esquece, contudo, não nos ensina o que quer que seja. Tem-se medo, mais nada. Medo de que aquele seja o nosso futuro, de que aquele venhamos a ser nós. Por outro lado, também não se consegue pensar que venhamos a ser realmente aquele, melhor seria dizer "aquilo". Não se consegue enfrentar o leite azedo. Aprendemo-lo desde crianças. Desde o princípio que nos habituamos a uma protecção alheia. Alguém que nos protege é a nossa natureza. Como se pode pôr no nosso entendimento o desamparo? Como aceitá-lo? Como se pode olhar de frente a vida? Já nem sei se é a morte que nos assusta, se é reconhecer o engano em que nos educamos uns aos outros. Assustar-nos-á mais o fim ou o esplendor do meio? Se, pelo menos, não houvesse princípio! E a carne? A carne que vai do belo à dor, que vai do poder à realidade. Um barco afasta-se da ilha, fica só, entregue à atlântica imensidão, e crê. Crê que vai chegar, não importa aonde, vai chegar. Mesmo que não chegue, não importa, viveu. Um barco é uma educação — um homem, e uma ilha, que escreve.

12 de Junho de 1891

Aquilo que mais importa na vida é, sem dúvida, o que é conforme à espiritualidade, às Artes e às Letras. Mas, para que possamos reger uma vida em tão elevadas ocupações, muitas outras vidas há ocupadas em actividades bem longe das que importam. E qualquer tese de aproximação a uma igualdade, ainda a ser possível, terá de ser feita com a necessária perda das actividades que importam. A igualdade, para a qual o mundo caminha, a seu termo redundará na perda daquilo que mais importa a uma vida humana. E, a ser assim, a ter de ser assim, em nome da justiça ou de outro alto valor moral, as actividades que hoje olhamos como aquelas que verdadeiramente importam, mostrar-se-ão naturalmente inúteis. Porque escrever um livro é desejar que um morto nos leia, não um vivo. Queremos que seja o passado a ler-nos, não o futuro. Se os mortos não nos lerem, escrever não adianta nada. Escrever, pensar, não contempla qualquer respeito pelos vivos, porque não se sabe o que eles irão um dia ser no passado. Assim, nenhuma moda merece, por pouca que seja, a nossa atenção. Os vampiros que se alimentam do seu tempo estão condenados a perecer perante os primeiros raios de luz. Não obstante, um dia serão eles os únicos fazedores de arte de todos os presentes. Fazedores de arte de um mundo de igualdade. E não será já o Realismo o princípio da compreensão, ou, então, o reflexo desse princípio da igualdade? Em nome de uma justiça humana perder-se-á aquilo que mais importa à existência. Mas não devemos esquecer que o Direito e as Vias Romanas, essas aproximações à igualdade, trazem já o sangue coagulado dos Gregos. Quando se atingir uma pura igualdade, seja lá o que isto for e se for possível, talvez não haja já nada senão um simulacro de passado. Não podemos esquecer que a arte é pura desigualdade. E, por isso mesmo, alicerce da injustiça.

13 de Junho de 1891

A dor é outra injustiça, concreta, que nos corrói milimetricamente até que já não sejamos mais do que uma semelhança vaga do que fomos. As fogueiras que queimam os estômagos continuamente, dia a dia, e levam um sabor azedo à boca, aos dentes cerrados, aos olhos húmidos. A vigilância contínua aos alimentos, àquilo que se bebe. A perpétua desconfiança como um tirano, viver como se se tivesse matado. Carregar uma doença é sustentar um império.

14 de Junho de 1891

O que é que verdadeiramente importa nesta vida? Pensar? Criar uma obra poética, ou outra? Dedicar-se à ciência ou à matemática? Ser negociante e amontoar dinheiro e bens? Fechar-se com Deus num convento? E se o que importar não for aquilo que se faz com a vida, mas a própria vida? Que fazer, então, das outras coisas? E o que é isso de própria vida? O que é isso de própria vida à luz da sua mentira?

17 de Junho de 1891

Passei os dois últimos dias a reler *O Primo Basílio* do meu querido Eça de Queirós, tentando, assim, suportar as contrariedades desta terra, que teima em se não reconciliar comigo. E acabei por descobrir a grandiosidade deste livro, que bem poderia ter o título de *Vício*. Sempre entendi a Tragédia como uma forma afectada de poesia, porque não havia ainda compreendido que, para um homem, hoje, ela só alcança a sua verdadeira expressividade se for entendida enquanto prosa. Não há outra possibilidade de sabermos a Tragédia senão traduzi-la na medida formal do nosso tempo. Esta foi a primeira verdade que retirei desta releitura do meu querido amigo. É que este seu livro poderia muito bem, ao contrário, ser entendido pelos Gregos enquanto Tragédia. Uma tragédia negra, sem dúvida, porque sem herói, mas uma tragédia. Nunca uma comédia. Porque, no fundo, há um herói esconso em forma de acto de consciência: a vergonha, que luta contra a omnipotência do vício. Por conseguinte, afirmar que *O Primo Basílio* é, fundamentalmente, uma crítica à pequena e média burguesia lisboeta dos nossos dias é o mesmo que dizer que Édipo Rei é, fundamentalmente, uma crítica à impetuosidade da juventude e, por maioria de razão, uma apologia da serenidade e das idades mais avisadas, em suma, do poder dos mais velhos sobre os mais novos. Tal como escrevi acerca de Kant — em *As Tendências Gerais da Filosofia na Segunda Metade do Século XIX* — que o Espírito é para este, quer ele saiba ou não, o verdadeiro *Noumenon*, e que é então necessário distinguir no filósofo os seus próprios propósitos, o que ele julgava fazer e provar e aquilo que realmente fez, o alcance que em grande parte lhe escapou, das suas próprias ideias, também o digo agora acerca do nosso Eça de Queirós, que, à revelia do que pretendia, a crítica social é o que menos importa na primeira obra, assim como a apologia da *sabedoria* é também o que menos importa em Édipo Rei. São apenas hortas onde alguém se pôs a semear, e o que lá cresceu é que verdadeiramente importa. A mediocridade da vida burguesa lisboeta, *diz-se*. Mas então essa mediocridade não é extensível a Paris, a São Petersburgo, a Londres, não é extensível a todas as classes sociais onde a alma humana acenda o mundo, não é extensível a toda a existência humana? É evidente que sim. Tão-pouco o adultério será a questão central. Se a crítica social é a horta, o adultério é apenas o material com que se veda um dos lados da cerca. Não chega sequer a ser um dos lados da cerca, seria apenas o arame utilizado, não as suas disposição e intenção. Ler o livro por estes prismas é reduzi-lo a contingências. Reduzir quer dizer: ficar-se por aí. O que vejo é a *supressão* de si mesmo por parte de cada uma das personagens centrais (Luísa e Juliana, a criada) através de um jogo de poder que começa logo nas primeiras páginas: *"Estou a tomar ódio a esta criatura, Jorge!"*; a distinção entre prazer e bem na economia da existência humana: *"Não te podem fazer feliz?"* [pergunta de Luísa a Leopoldina, acerca dos amantes desta] *"Está claro que não! — exclamou a outra — Mas... (...) Divertem-me"*; e o confronto entre a arte e a sua imitação, através do confronto entre a própria narrativa e a peça de teatro de Ernesto Ledesma: *"Ah! esquecia-me dizer-lhe, sabe que lhe perdoei?* [Ernesto para Luísa, num encontro casual ao Largo de Santa Bárbara, quando esta ia ao encontro do amante, e aquele referindo-se à peça que escrevia: um triângulo amoroso em que não se decidira ainda se o marido matava ou não o amante da mulher] (...) *— Sim, o marido perdoa-lhe, obtém uma embaixada, e vão viver no estrangeiro. É mais natural"*. Este "mais natural" é ao contrário da arte. Só vejo existência humana, e que é ela mesma transcendência: a vontade de se afirmar acima de si mesmo, de se suprimir para se elevar, matar aquilo que em nós nos maça, nos mata mesmo; o confronto na alma entre o desejo e o prazer, entre o vício e o bem-estar, e entre prazer e bem ou bem-estar e felicidade; a necessidade da arte enquanto fundamento da vida, contrapondo-se à arte enquanto mimese da vida, em suma, o confronto entre o próprio Eça de Queirós e esta nossa arte contemporânea, contrariamente ao que eu sempre pensara. Há, aqui, uma guerra entre ele e a igualdade. Vejo também a relação entre o conhecimento e o erro, que só não é um ponto de vista epistemológico, pelo menos não se reduz a ele, porque o erro aqui é prático e não teórico, o erro é o *mal*. O mal é, na horta, a vedação da frente, que não parece ser vedação porque tem também a função de portão; é por onde se entra. E entro sem que me dê muito conta disso, não tomo conta das medidas do terreno, nem tão-pouco das madeiras e arame utilizados nessa vedação. No fundo, todos nós agimos sempre deste modo perante uma entrada: aquilo que nos deixa entrar parece não nos vedar, parece não nos *condicionar*. Mas o mal condiciona e muito, mais do que a atenção que lhe prestamos.

18 de Junho de 1891

Bem posso dizer que o meu querido amigo outra coisa não faz do que descrições de vícios, *generalidade do vício*. É ele mesmo quem introduz a expressão:

> "Aquela conversação enervava Luísa [o discurso de Leopoldina acerca dos vícios sexuais das senhoras de Lisboa]; *numa tal generalidade do vício parecia-lhe que o seu caso, como um edifício num nevoeiro, perdia o seu relevo cruel, se esbatia, e sentindo-o tão pouco visível quase o julgava já justificado*".

E este esbatimento do problema de Luísa, que ela experimenta com o relato de Leopoldina, é similar ao esbatimento do leitor face às contínuas descrições que o Eça de Queirós leva a cabo, através das suas personagens. Similar à esperança e dor que introduzo nos poemas, comparadas com a desmesurada energia que despendo para aguentar um dia, não esquecendo a inequívoca esperança que permite fazê-lo. Mas o vício, a miséria que habita cada alma e cada dia, não é pertença exclusiva de nenhuma classe social, é o mais *absoluto* e irrefutável que a razão, na sua clareza, pode encontrar. Se a arte é pura desigualdade, o vício é o seu contrário, pura igualdade. Enquanto a arte faz de todos nós estrangeiros, o vício faz de todos nós irmãos. Ele é tão claro, tão certo e absoluto, que o próprio romance do Eça de Queirós, escrito na década de 70, acaba por acusar o nosso próprio vício enquanto leitores, passados mais de 20 anos. Porque é o nosso próprio vício, que arrastamos dia a dia, que se esbate nesta leitura. O único esforço de interpretação sem exagero de perdas terá de reconhecer ao romance a categoria de acusador para com o leitor, que terá de se reconhecer ao lado de todos os grandes *perdedores* do romance: Luísa, Leopoldina e Juliana. Mas, só nos podemos encontrar ao lado destas personagens, se nos aceitarmos ver enquanto Basílio — ou enquanto visconde Reinaldo, embora esta personagem não possua um desenvolvimento extenso —, enquanto ingénuo do poder, que não passa de um hedonista. Sim, porque o leitor é, antes de mais, Basílio, ou hedonista, que aqui são uma e a mesma coisa. A leitura terá, por conseguinte, de possibilitar não esquecer a generalidade do vício em que todos nós já estamos postos, de antemão: uma incapacidade de alcançar prazer, de nos satisfazermos; um contínuo estado de sofreguidão. Não só por não nos etermos neste ou naquele romance, a seguir a um vem outro e outro, mas porque não nos detemos nunca. Aquele que não se detém, que está vivo, vai morrendo numa aparência, de prazer.

19 de Junho de 1891

"[Depois de, num acto de desespero, ter dito a Juliana que, se ela quisesse, revelasse ao Jorge o seu adultério] *Sentia então como um alívio doloroso, em ver o fim do seu longo martírio! Havia meses que ele durava. E pensando em tudo o que tinha feito e que tinha sofrido, as infâmias em que chafurdava e as humilhações a que descera, vinha-lhe um tédio de si mesma, um nojo imenso da vida. Parecia-lhe que a tinham sujado e espezinhado; que nela nem havia orgulho intacto, nem sentimento limpo; que tudo em si, no seu corpo e na sua alma, estava enxovalhado, como um trapo que foi pisado por uma multidão, sobre a lama. Não valia a pena lutar por uma vida tão vil. O convento seria já uma purificação, a morte uma purificação maior... (...) Oh que estúpida que é a vida! Ainda bem que a deixava!"*

Não consigo pensar em quadro mais belo para nos fazer ver esse santo momento em que se toma consciência da existência que se tem. Seja ela qual for. Se retirarmos as contingências inerentes à existência de Luísa, poderemos muito bem pôr as nossas. Basílio surge para que a possibilidade da *inversão* de poder resultante desta luta tenha efectivamente um sentido *real*. Sem Basílio não seria possível Juliana, mas sem Juliana O Primo Basílio seria a *Eugénia Grandet*, de Balzac. É o meu próprio Eça de Queirós quem o diz, pela boca de Julião, quando Sebastião lhe relata os temores face ao primo Basílio:

"Mas isso é o enredo da "Eugénia Grandet, Sebastião! Estás-me a contar o romance de Balzac! Isso é a Eugénia Grandet"!"

É bastante evidente que o adultério é um pretexto, trama através da qual pretende mostrar a alma humana na sua dificuldade em existir. O adultério, na sua insignificância mundana, burguesa, pequeno-burguesa ou o que quer que seja, mostra-o a peça do Ernesto Ledesma.

O meu querido amigo trata a existência, a sua miséria. A noção de miséria humana é fundamental. Miséria humana é a dor, que trazemos ao mundo logo que nascemos, testemunhada pelos gritos de uma mãe. A miséria da vida de Luísa não é a *fuga*, a canalhice de Basílio, mas *o estar nas mãos da criada*, o ter-se tornado sua *escrava*. Assim como a nossa é estarmos aqui e sabermos disso. E que sabemos? Quase nada. Só o suficiente para continuarmos e arranjarmos razões para isso. Se me perguntar porque continuo, posso responder "por tudo" ou "por nada". Não haver resposta só se torna insustentável para quem julga importante uma pergunta. Por duas vezes se queixa Luísa da vida, em conexão com o seu *erro*, não deixando, contudo, de ver as coisas com clareza. É essa mesma clareza que acentua a sua miséria: *é que as coisas são mesmo assim*. E esta clareza, esta consciência advinda do erro, mostra-lhe muito bem quanto Basílio é pouco importante na economia da sua miséria, a sua miséria é a de todos: *não estarmos a salvo de sermos assenhorados pelo desejo*. É bom ver aonde este acabou por conduzi-la. À total inversão do poder estabelecido, social. Ela torna-se a criada da sua criada. E também não se trata de uma *mera* inversão de poder, ela torna-se escrava de uma criada *má*, de uma criatura sem quaisquer princípios, recalcada da sua vida de sofrimento e de ausência de satisfação de quaisquer prazeres. Por conseguinte, devido ao desejo, Luísa fica escrava de um monstro-senhora da casa. Não perde *só* a identidade, perde-a para aquela que representa a antítese dos valores humanos, pelo menos de um certo modo de se entender o humano. Luísa não é boa nem má, mas através do mal torna-se boa, pelo menos melhor do que era. Porque a inversão do poder permite a Luísa superar-se a si própria. A Luísa, já escrava, acede a um modo de ver radicalmente oposto ao da anterior Luísa. Basta ver com que olhos ela encara os velhos companheiros de serão numa noite em que já se encontra nas mãos de Juliana:

"Que alívio para Luísa quando eles saíram! O que ela sofrera, lá por dentro, toda aquela noite! Que maçadores, que idiotas! — E a outra [Juliana) sem vir [havia ido ao teatro)! Oh que vida a sua!"

A sua nova situação concedera-lhe a exacta medida daquilo que efectivamente eram os serões lá em casa, daquilo que era a sua vida, mas que jamais pudera ver, porque até aí sempre vivera adormecida e agradecia qualquer espécie de divertimento. Mas não agora. Depois do beijo do primo, depois da sua queda noutro homem e de ficar à mercê da vontade de Juliana, a bela adormecida desperta para a sua própria vida. Não se trata da consciência de que ela pode terminar, que isso não é coisa que nos atormente por aí além, visto não antevermos realmente essa possibilidade. Ela toma é consciência de que tem de cuidar de si, de resolver a situação em que se encontra. O que lhe dói é onde se encontra, onde está. É isso que lhe dói e não a antevisão do fim. Por isso o divertimento torna-se naquilo que ele mesmo é: o reino do enfado. Assim, e estranhamente, é com Juliana que Luísa se torna humana. E como é que se pode aceitar que o mal nos faça bem?

20 de Junho de 1891

Não se sabe o que é um homem, mas Basílio — caso existisse, ou caso fosse só uma criação literária — não é um, mas sim um *instrumento*, uma desculpa *real* que o Eça de Queirós encontra para mostrar o quanto a vida humana sem objectivos firmes facilmente queda em escravidão. E objectivo firme quer dizer: perseverança na busca do bem, que é contrário ao desejo, ao vício, e ao prazer, ao bem-estar. O vício é a antítese do próprio prazer, é a incapacidade de qualquer bem-estar, a incapacidade de se sentir saciado. Por outro lado, o prazer é a capacidade que alguém ainda possui para saciar o desejo, mas também a incapacidade de alcançar o bem. O vício difere do desejo porque não se faz sentir como este, é como o sangue que não sentimos correr nas veias. Mas o poder começa a ser perdido no desejo. É aí que a vida começa logo a perder-se. E, contudo, também não há outro modo de a ganhar. Não é nada, nem ninguém, que nos faz perder, mas o nosso próprio desejo, o querê-lo, ao desejo, querer ganhá-lo. E ele quer tudo, não admite deixar nada para trás, muito menos aquilo que já teve. Pode deixá-lo momentaneamente, que pode ser anos, mas se pensa em tê-lo tem mesmo de tê-lo, porque é de seu direito reivindicar aquilo que teme esquecer. De facto, desejar define-se por aquilo que se não tem e que se quer ter, mas quando o que se quer é o que já uma vez se teve e se não tem de momento, então, ao desejo junta-se a angústia da perda de um poder. E isto é tão claro neste momento do romance:

"[Luísa, ao pensar em fugir com Basílio, recorda os momentos que passou com Jorge, ali, naquela casa, naquela sala, naquela causeuse] Quantas memórias dela para o torturar [teria agora Jorge — o seu marido, que se encontrava para o Alentejo —, ao regressar a casa)! Os seus vestidos, as suas chinelas, os seus pentes, toda a casa! Que vida triste, a dele! Dormiria ali, só! Já não teria ninguém para o acordar de manhã com beijinhos, passar-lhe o braço pelo pescoço, dizer-lhe: "É tarde, Jorge!" Tudo acabara para ambos. Nunca mais! — Rompeu a chorar, de bruços sobre a cama".

Ela não chora pela antecipação da dor dele. É o seu desejo que chora, por ter de deixar algo que lhe pertence. O seu desejo também quer aquilo que já teve, os cuidados de Jorge, o seu amor, mesmo o amor dela por ele, embora queira o amor de Basílio. É esta a miséria. O poder sobre nós mesmos começa a perder-se em nós pela fome do *nosso* desejo. O desejo impele-nos a querer tudo o que queremos. E este querer tudo *não se dá com a vida*. O desejo é selectivo, mas não o suficiente. Luísa quer o amor aventuroso de Basílio e quer o amor cuidadoso de Jorge, não quer o amor de Julião, por exemplo. Mas este querer *tudo-selectivo* do desejo implica ter de escolher, ter de *perder* alguma coisa do que se quer. E isso dói-nos muito no desejo. Porque nós até queremos, ao mesmo tempo, o amor e a vida.

21 de Junho de 1891

Quem compreende que as suas sucessivas paixões não lhe trazem nenhum bem, mas tão-somente distracção; quem não pretende o bem, através do prazer, mas apenas não se aborrecer, apenas um esforço último para evitar o tédio; e quem sabe que, no fundo, as sucessivas paixões conduzi-lo-ão precisamente ao ponto de vista inicial, ao tédio; quem tudo isto poderá então dizer com Leopoldina:

"Sinto-me farta dos homens! Estava capaz de tentar Deus! E, depois de escancarar a boca, num bocejo de fera engaiolada:
— Aborreço-me! Aborreço-me... Oh Céus".

Porque nenhuma vida humana poderá libertar-se da impossibilidade de alcançar um ponto de vista, e é este o sentido do pensamento de Leopoldina, já que qualquer um outro se tornaria mais difícil de vislumbrar. Leopoldina é o terrível destino dos homens. Ela, mesmo sabendo que o prazer não lhe traz nenhum bem, não pode evitá-lo. Evitá-lo seria ainda pior. Leopoldina é a infelicidade resignada. É o homem. Pergunto agora, com o meu querido Eça, poderá ainda um homem ter amigos?

22 de Junho de 1891

Levando em conta o génio do meu querido Eça de Queirós, posso dizer que eu sou o Basílio, a Leopoldina, a Juliana, a Luísa, o Jorge. O Basílio, porque no fundo todo aquele que escreve só pode pensar em si, em mais ninguém; é um condenado à fraqueza mais próxima, nasce para si mesmo como uma flor para o fixo lugar onde despontou. A Leopoldina, porque não consigo afugentar o tédio, nem entregar-me de vez a Deus. A Juliana, porque também anseio pela libertação da vida que tenho, da vida enfim; é uma seta a indicar-me aquilo a que não posso fugir — querer continuamente ser o que não sou. O Jorge, porque tal como ele, ausente em quase todo o romance, 250 páginas de ausência, também eu estou ausente da minha própria vida. E agora parece tão claro que o que me dói não é o passado — com a sua saúde — que não volta, nem sequer a falta de vontade de que não volte. Ou tudo aquilo que poderia ter feito e não fiz. Aquilo que me dói é saber que não há quaisquer possibilidades de escapar de O Primo Basílio. O vício faz de nós a sua sombra. É dar sentido às coisas. E, se o desejo também dá sentido às coisas, ele distingue-se do desejo quanto ao sentido que dá ou nos faz dar, porque concede-o ou fá-lo conceder sem se fazer sentir. O desejo precisa de fornecer razões posteriormente a fazer-se sentir, enquanto o vício é a própria razão de ser, é anterior. Sem vício não haveria desejo. O vício não é um hábito que se adquire, é uma natureza que se tem. Não é sequer matéria de indagação. É como estar vivo. Todo e qualquer acto humano é já na sua possibilidade uma degenerescência.

23 de Junho de 1891

A minha saúde também não vê melhoras, julgo mesmo que, pelo contrário, isto vai de mal a pior, para mais continuo a não encontrar forças para formar a família que ambicionava, com minha irmã Ana e as órfãs do meu amigo Meireles, que adoptei faz já mais de dez anos, e agora em idade de abandonarem o internato e poderem viver comigo — e já também sem a mãe entre os vivos —, esperava realmente vir a fazê-lo, aqui, em Ponta Delgada, mas as contínuas desavenças entre minha irmã e as raparigas, especialmente Beatriz, a mais nova, que é muito insubordinada, levam-me a prever o pior. Tenho-me visto a mim mesmo, tantas vezes nestes últimos dias, como um Sócrates tenebroso e desolado, que ao invés de caminhar tranquilo pelas ruas de Atenas interrogando os seus congéneres e buscando a confirmação da sua razão, caminho por estas ruas dilacerando-me continuamente com o único propósito de clarificar em mim, de uma vez por todas, a minha desrazão. Tenho também de reconhecer que a moral foi em mim um fogo fátuo, um sonho que me manteve dormindo durante a minha própria existência. A virtude é um Deus — não de filósofo ou sequer de poeta — de homem social, que ao pressentir o vício enquanto sua própria condição se põe a bramar: "Oh Virtude, Deus poderoso, não deixeis que eu vença sobre mim mesmo! Pois não terei forças para me aceitar!"

24 de Junho de 1891

Só por medo de não conseguir suportar o vício posso entender o meu interesse pela baronesa Seillière, nos idos finais de 70. Porque assusta compreender que estamos entregues a nós mesmos para sempre. Pelo menos, enquanto o para sempre dura. E, em rigor, é realmente para sempre. Toda e qualquer existência é, ao seu próprio olhar, imperecível. É *sempre* demais para um só homem. Deve ter sido isto, ainda que não soubesse, que fez que desejasse unir o meu destino àquela mulher. E, hoje, ao recordar esse meu interesse pela baronesa vejo claramente que ainda não havia compreendido a natureza do vício. Ele é a *substância* que nos mantém vivos, que nos impele a continuar a vida que nos foi concedida. Se o vício dá sentido às coisas, põe razão em tudo o que toca, é somente porque necessita de nós para continuar. E, obviamente, por esta alucinação de entendimento exerce a sua vontade perante a nossa vida. Porque a fome de entender é universal. O mais miserável dos homens julga entender o que se passa nele e ao seu redor. Pergunto: porque é que, mesmo nas mais indignas condições de vida, o homem não se mata? Porque o vício exerce sobre ele o seu misterioso poder. Dar sentido às coisas é um entretenimento, uma derivação do vício, mas não é ele mesmo. O vício, como o Eça de Queirós nos mostra no seu romance, é não conseguir abdicar do que se teve e já não se tem ou, na sua mais trágica expressão, do que nunca se teve. A Leopoldina, por exemplo, pertence ao último grupo. Do que ela não consegue abdicar não é do seu prazer ou do seu desejo, mas de um Absoluto que não consegue. Chamemos-lhe felicidade ou o que se quiser, pouco importa. Ela não abdica disso. Do que não tem. É o vício na sua expressão mais forte. Que Luísa também experimenta. Após a *aventura* com o seu primo, o que a faz viver é não conseguir abdicar da paz que já não tem e que outrora tinha. Essa paz torna-se o seu Absoluto inalcançável. E porque é que morre? Porque é que o vício deixa de ter poder sobre ela? Quando não pôde suportar mais a vergonha. No penúltimo capítulo, o Eça de Queirós descreve a revelação de Jorge a Luísa, que ele sabia de tudo, a aventura dela com o primo e a sua condição de *escrava* de Juliana. Nesse preciso momento ela sofre um choque, pela surpresa — já que o pior parecia ter passado, havia-se finalmente libertado de Juliana —, mas principalmente pela impossibilidade de suportar a vergonha. Adoece e definha lentamente até à morte. Não seria mais capaz de encarar a sua própria vida à luz daquilo que o marido sabia agora acerca dela. Talvez fosse capaz de suportá-lo para si mesma, mas nunca aos olhos de Jorge, que sempre fora bom para ela, e mesmo agora estava disposto a perdoá-la. Só a vergonha tem poder para destruir o vício, e com ele a vida. É aqui que a vergonha se assume enquanto verdadeiro herói desta Tragédia. Édipo fura os olhos perante o conhecimento de ter assassinado o seu próprio pai e desposado a sua própria mãe; Luísa deixa-se morrer. Melhor: une-se completamente à vergonha para aniquilar o vício. A vergonha assume, assim, em *O Primo Basílio*, a dimensão do conhecimento em Édipo Rei. Sem que o saiba plenamente, isto é, em discurso para si mesmo, é também isso que diz o povo na expressão "gente ruim não morre". Não quer dizer que uma bala fortuita não atinja essa gente, mas que a consciência moral não existe e, por conseguinte, estão a salvo da vergonha, o que lhes há-de prolongar a vida. O Basílio, por exemplo, há-de viver para sempre. Eu mesmo estive próximo de me pôr fim, quando o projecto de união com a baronesa ruiu, não fosse o meu querido Joaquim Pedro a tirar-me o revólver da mão. Por momentos, senti ser capaz de abdicar de tudo. Sentia vergonha aos olhos de mim mesmo. Vergonha de me ter iludido tanto. É uma vergonha de filósofo, bem se vê, mas que em determinadas condições pode acabar com o homem. No fundo, o vício é um abismo de afecto. Inseridos nele, na ilusão dele, não conseguimos ver nada para além do medo de abdicarmos dele, como Leopoldina. E eu tenho medo de abdicar de uma vez por todas de Deus, desse Absoluto-afecto que não tenho. É esse o modo expressivo do vício em mim. E vejo, dia a dia, maior proximidade entre a viciosa Leopoldina e eu. Faltam-me ainda forças para ser Luísa.

25 de Junho de 1891

Não fui sequer capaz de aprender a verdadeira natureza do homem social. Sim, porque me não bastou a desilusão que tive com "As Conferências" do Casino Lisbonense, tive ainda, vinte anos passados, de aceitar a presidência da Liga Patriótica, e outra desilusão. Quando já tinha idade e experiência para saber no que aquilo ia dar. Porque, no fundo, e este é que é o grande mal, sempre fui um homem de esperança. E, assim, também fica explicada a minha excessiva amargura para com o mundo. Mas se foi um grande mal, não foi uma grande vergonha. Grande vergonha — como a sinto enorme agora! — foi não ter auxiliado um amigo, que sempre esteve do meu lado, quando ele mais precisava de mim. Quando o Joaquim Pedro aceitou aquele ministério precisava tanto que eu estivesse junto dele que chegou a pedir-me que o fizesse. E ver o grande Oliveira Martins pedir tão peremptoriamente alguma coisa, e a mim, a quem se habituou a proteger e não a ser protegido, só por via de grande necessidade. Precisava de alguém em quem confiasse. E, eu, que fiz? Uma vez mais pensei em mim, nas forças que não tinha e recusei. O homem não pedia que eu trabalhasse, que eu me preocupasse, que mergulhasse naquelas águas salobras da política, apenas que estivesse lá, com ele, que o ouvisse e tivesse de quando em quando uma palavra de conforto no meio de toda aquela aridez intelectual e moral. A verdade é que apelava à minha moralidade, mais até do que à amizade. Mas se a moral ditava que eu ajudasse o único homem capaz de fazer alguma coisa pelo país — pelo menos propusera-se a isso e não lhe faltava nem a tenacidade nem a capacidade —, ditava ainda mais alto que não abandonasse o amigo. Era o único de nós, os do Casino, a recusar desistir do propósito de transformar o país. E se tinha forças, que diabo!, eu havia de ter aceitado estar lá do seu lado. Mas não fui capaz de o fazer. Não fui capaz e, depois, aceitei aquele nado morto que foi a presidência da Liga Patriótica. Aqui, à distância — e como Portugal fica distante de Ponta Delgada! —, tudo isto se torna tão claro e tão doloroso. Julgo não ter mais forças para encarar o Joaquim Pedro, por muito que ainda dure a minha vida. Posso escrever-lhe, dizer-lhe palavras de longe. Mas como voltar a abraçar esse irmão? Faltar a um homem que, mais do que não nos ter faltado vez alguma, é a imagem da justiça que nos ajuda a carregar a nossa própria vida e a ter ainda alguma réstia de serenidade neste país, na humanidade, faltar para com ele é faltar à nossa própria vida. É o derradeiro fracasso de uma existência, já em si, fracassada. E se esta consciência não me matar, também já nada me mata, nem doença, nem coisa nenhuma. Pois, então, também já não serei uma existência, somente alguma coisa que se arrasta, como um verme para o interior da terra.

26 de Junho de 1891

Continuo com o Eça de Queirós e a entreter assim os dias, longe das questiúnculas quotidianas e da minha família, e desta cidade que já me vai matando. E passaram-se apenas quinze dias. Quinze dias de tortura em que o meu querido Eça é o único bálsamo capaz de acalmar algumas dores. Mas é precisamente isto que a leitura encerra em si mesma: a longinquidade do quotidiano insuportável. Não do mundo, apenas dos dias. Para carregar um dia, que pesa mais do que o mundo inteiro, mais do que séculos de história, é preciso ler. É uma perdição, sem dúvida, mas não há outro modo de não nos perdermos. E terrível é a vida quando, em completo desencontro com os dias, também não conseguimos ler; ou escrever, que é uma outra forma de ler, mais privada, mais egoísta, pois não há partilha ou apenas uma ilusão de partilha. Tudo quanto faço me indica o quanto caminho para longe da moralidade, para longe dos outros. Talvez se escrevesse romances me pudesse reconciliar um pouco com o mundo. Pois sei que, ao contrário do Eça de Queirós, escreveria sempre pelo interior de alguém. Não inventaria enredos, nem personagens, tentaria tão-somente aproximar-me de um homem. Uma espécie de fusão entre os meus dois queridos amigos: o Eça de Queirós e o Oliveira Martins. Do primeiro, retiraria aquela liberdade de dizer a verdade sem compromisso para com os conceitos; do segundo, retiraria a atenção com que escuta as personagens da história para além do espartilho dos factos, não para alterá-los, apenas porque há que fazer ver mais do que aquilo que eles permitem. É este o real sentido da literatura. Todas as personagens históricas não são senão personagens. Ao lê-lo, Kant é uma personagem tão fictícia como Luísa, assim como Nuno Álvares Pereira para o Oliveira Martins. Mas é assim para todos os que lêem. E Platão foi quem primeiro o compreendeu, ao transformar Sócrates em personagem dos seus próprios livros. A literatura e o pensamento são mundos à parte de outros mundos, e entrar neles é, necessariamente, sair dos outros. A literatura vive apenas dentro da literatura. Mais: ela transforma tudo aquilo que toca em literatura, isto é, em algo que não é o Mundo. Pensar ou querer fazer o contrário é não compreendê-la. Para ser literatura há que ter o poder e a coragem de aceitar *estar de fora*. De fora de tudo o que não é ela mesma. Fora de tudo o que não seja esse mundo encerrado em si mesmo, que revela o Mundo, e só assim o pode revelar, por contraste. O contraste entre Mundo e Literatura é a verdade. E é porque no Mundo não há verdade que podemos reconhecer a literatura. Por conseguinte, quando o romance tenta imitar o Mundo, querendo com isso revelá-lo, não faz mais do que não revelar coisa alguma. E é também isto que o Eça de

Queirós faz (embora provavelmente pensasse o contrário, mas não o seu génio). A cidade de Lisboa é o pano onde a verdade é tecida: a luta entre o vício e a vergonha. Não há um referente histórico personificado, mas há uma cidade detalhadamente histórica, isto é, em conformidade aos factos e, esses mesmos factos, inseridos na literatura. É por tudo isto que, julgo, se escrevesse romances haveria alguma reconciliação com o Mundo, com os outros. Mas não escrevo romances. E a poesia, contrariamente à literatura ou à filosofia, é uma arte egoísta por excelência. Ou então não é poesia. Pois, aqui, o pano onde a verdade é tecida são já as impressões do próprio poeta. Um romancista resiste à vida, um poeta não.

27 de Junho de 1891

A ilha acentua a minha solidão. E a vergonha não me deixa regressar ao continente. Desespero, um pouco mais do que o habitual. Já nem o meu querido Eça de Queirós consegue fazer alguma coisa por mim. Tal como a Leopoldina, perdi o interesse. Quantas vezes ao longo da minha vida perdi o interesse! Se valesse a pena escrever uma biografia, seria a biografia dos meus contínuos desinteresses. Interessei-me por tudo, fixei-me em nada. E é onde estou, em nada. Mais do que a incapacidade física que tenho em aceitar os alimentos, como se rejeitasse que o mundo me invadisse, uma espécie de condenação a não aceitar o mundo, é este contínuo desinteresse que explica o não ter realizado uma obra filosófica. Porque As Tendências Gerais da Filosofia no Século XIX não é filosofia. É acerca de filosofia, que é outra coisa. O Batalha Reis é que tinha razão, quando me escreveu a dizer que eu era a cabeça filosófica mais brilhante que conhecera, mas também o pior filósofo. É evidente que ele tinha razão acerca da última parte, porque da primeira tenho mais do que dúvidas. É este maldito desinteresse, julgo que provocado por uma excessiva individualidade. Ou é esta excessiva individualidade que provoca o desinteresse, não sei. Mas estou certo de que há uma real conexão entre o desinteresse e a individualidade. Como esta ilha, que se interessa tanto pelo mundo como eu. Fechada em si mesma, desculpa-se com o Atlântico. Eu desculpo-me com o que posso.

28 de Junho de 1891

Esta minha incapacidade de afastar a morte para longe dos dias, que sempre me acompanhou, mais até do que a imagem dos meus próprios pais, revela bem a minha falta de coragem. Apaixonei-me pela morte, porque não soube enfrentar a ansiedade. A ansiedade é a experiência — e como toda a experiência, individual — do terror. O terror é o sem sentido das coisas, o contrário do vício. A possibilidade de, em nós, acontecer o vazio. Não é o vazio ele mesmo, mas a sua possibilidade continuamente diante de nós. Estar à espera que ele aconteça a cada momento, a cada esquina. A ansiedade surge então enquanto tempo que se nos apresenta precisamente no seu contrário, isto é, enquanto *não-tempo*. Passamos a usar-nos sem qualquer sentido, ficamos depostos num estado que se poderia formular do seguinte modo: "Eu não consigo sair de isto". E *isto* é o tempo que já não sou eu, mas a paixão que me domina. Porque a ansiedade é a carne da paixão, é por onde a paixão nos dói. Mas a ansiedade não é uma verdadeira dor. É muito pior. Ela tem tanto de cobardia quanto a dor tem de coragem. A ansiedade bate e foge, bate e foge, continuamente. Esquiva-se continuamente à luta e, deste modo, à possibilidade de podermos defender o tempo que somos, isto é, de defender o tempo que reconhecemos adiante como sendo nosso e que nos puxa para a frente. Assim, a ansiedade, ao impedir-nos o futuro, impede-nos a vida. A dor, pelo contrário, enfrenta-nos corajosamente e é como se dissesse: "Sou só eu e tu, homem, os dois até que um de nós se acabe". E, independentemente do tempo que dure, é sempre uma luta justa. A dor é honrada. A ansiedade é miserável, sem quaisquer resquícios de carácter. Perante tal quadro, evitar o convívio da ansiedade torna-se o primeiro de todos os ensinamentos que convém à existência humana. Só então é que deveremos chamar homem a um nosso igual. Entregar-se ou deixar-se dominar pela ansiedade é recusar a sua própria humanidade, é uma espécie de suicídio sem cadáver. Para evitar a ansiedade há que compreender, antes de mais, que se trata efectivamente de um inimigo, o mais vil entre todos. E há que querer combatê-lo. Mas a estratégia a utilizar nesse combate revela-nos um estranho confronto que terá de surtir o seu efeito em dois pontos opostos: na defesa da nossa honra e no ataque à sua desonra. Porque a honra não é senão viver em conformidade a um tempo futuro. E, pelo contrário, a desonra é a queda em um estado de vida onde o tempo futuro fica arruinado. Assim, há que virar costas à ansiedade, desonrar--nos a nós mesmos nesse combate, de modo a honrarmo-nos, isto é, a recuperarmos de vez o tempo que vem num outro combate. Esquivarmo-nos ao combate com a ansiedade é aceitarmos, sem mais, o combate com a dor. E, aqui sim, recuperarmos ou perdermos de vez a vida. No fundo, trata-se da velha antinomia amor/paixão; a antinomia entre aquilo que constrói e aquilo que destrói. Eu, que vivo sob a égide da destruição, tudo o que sofri foi por cobardia. Não soube nunca virar costas à ansiedade. Consegui fazer de mim um monstro, um homem inexistente. Um ser imerso no vício e na ansiedade, simultaneamente. Este ser monstro é Juliana, quando pressente que pode não ganhar nada com a chantagem sobre Luísa. Ela quer ao mesmo tempo continuar, o vício exerce o seu poder sobre ela, e, por outro lado, não consegue ver como fazê-lo. Sou eu. E, assim, em poucos dias me vejo transformado de Leopoldina em Juliana.

29 de Junho de 1891

Sou uma espécie de segunda pele deste meu pensamento doentio. E ele vive a sua vida própria, cria um estranho ambiente para habitar e os seus próprios instrumentos para interpretá-lo e sobreviver. Mais do que eu, não quer morrer. Não quer morrer, nem viver segundo as leis do mundo. Ele está na origem do vício, eu estou na origem da ansiedade. Nos intervalos desta guerra, por vezes, escrevo um soneto. Mas a prosa não é possível, muito menos a filosofia. Quando, num próximo intervalo, retomo o que havia escrito no anterior, já vem tudo cheio de incoerências. Depois, é um esforço tremendo apagá-las, dar-lhes algum sentido. Não uma unidade, mas um sentido. Aquilo que acaba por acontecer é uma enxurrada de sincretismo. Foi uma felicidade ter tido forças para escrever o *Discurso sobre as causas da decadência dos Povos Peninsulares nos séculos XVII e XVIII*. Agora, reconheço que é, de longe, a minha melhor prosa. E, se fosse filosofia, seria a minha filosofia. Mas não é, e eu não a tenho. Não se pode construir uma nos intervalos. Também não há que lamentar muito, este país nunca teve filosofia alguma. Sinto-me muito melhor hoje, julgo ser capaz de permanecer nesta ilha, contrariamente ao que cheguei a temer. Pelo menos enquanto este intervalo durar, este apaziguamento entre o meu pensamento e a minha vida.

2 de Julho de 1891

Prevejo aborrecimentos bastantes, para muito breve. A desarmonia entre a minha irmã e as crianças não só se mantém como parece ter aumentado. Dentro de pouco mais de quinze dias estarão aqui, comigo. Não sei se terei forças para tanto. Já não sei mais o que pensar desta minha decisão de ter vindo para Ponta Delgada fazer de chefe de família. Depois de ter esgotado em mim todas as possibilidades de criação do espírito, a loucura deve ter-se por fim apoderado de mim, pois vejo esta decisão como se ela fosse a minha última e mais valorosa criação: uma família. Por fim, uma criação que faz parte do mundo. E se não estou certo de que não seja a loucura que me faz ver isto, também não estou certo de que o meu pensamento vá aceitar esta imposição exterior, seja loucura ou não. É a minha vida! A ilha e esta certeza de não ter lugar em qualquer parte da Terra. A pouca paz que consegui não passou de imaginação, como nos meses de Vila do Conde. E imaginação quer dizer esquecer-me de mim. Porque só aqui, no esquecimento, vislumbro a paz. Ao passar as crianças pela areia da praia, vê-las brincar, aprender como se isso lhes fosse valer de alguma coisa no futuro, que o melhor seria não haver futuro, mas apenas aquele presente eterno da infância onde distrair-se é totalmente existir, e foi assim que participando da eternidade das crianças esqueci o tempo que sou. Estava distraído e consegui viver. Consegui ser, de algum modo, como os outros ou aquilo que julgo que são os outros. Porque o que todos procuramos na distracção é esse eterno, perdido para sempre, mas que recusamos aceitar. Nem sequer se trata de uma recusa, porque não há consciência disso. Um homem que se tenta conhecer a si próprio é ingénuo, mas um homem preso em pensamentos a tentar conhecer-se é digno de piedade. Digno de piedade porque se trata de um doente, de um doente aflitivo. Há quanto tempo não sei o que é um dia!

4 de Julho de 1891

Tenho de acabar comigo.

7 de Julho de 1891

Não fui ainda suficientemente longe na destruição de mim mesmo, na destruição da ideia que faço de mim mesmo. Ainda que essa ideia de mim possa já pertencer ao passado, há, ainda assim, que voltar atrás e repor a verdade. É preciso não esconder de mim mesmo que a destruição de alguns dos meus sonetos, aqueles de que dizia terem sido escritos para atormentar a existência de quem os lê, não passou de um gesto retórico. Queimar o que quer que seja que se escreva só pode ter um fundamento estético, nunca ético. Porque, para a ética, não está em causa a natureza do poema, mas sim a natureza da existência daquele que os produz, independentemente do seu género. Dos poetas, salva-se João de Deus pelo pendor educativo da sua poesia. O que, indo longe demais, levaria a pôr em causa a sua própria poesia. Todo aquele que sofra, pela possibilidade de sofrimento que aquilo que escreve possa causar naquele que lê, não passa de sofrimento fingido ou de ignorância. E, esta última, num homem que escreve é uma coisa muito triste. Em todo aquele que escreve, por detrás do sofrimento fingido encontramos um comerciante, por detrás da ignorância uma besta. No meu caso, reconheço uma troca comercial, não com os homens, de modo a conseguir algum tipo de reconhecimento gratuito, mas com o Criador, de modo a conseguir algum apaziguamento para a minha alma.

8 de Julho de 1891

Por pior que se esteja nesta ilha, recuso-me a regressar a Lisboa. Aí é que não há nada a fazer. Um covil de vaidades e de injustiças comezinhas. E o resto é política de almanaque e de enredos. Jornalistas a brincar à verdade e escritores de trazer por salões sociais. O Queirós está em Inglaterra, o Joaquim Pedro no Porto e João de Deus nem de passagem por essa miséria. Lisboa só faz sentido nos livros do Eça.

9 de Julho de 1891

Não é possível viver e carregar uma memória consigo ao mesmo tempo. A minha doença é um excesso de rememoração, ter continuamente presente as minhas faltas, o desespero de ser homem e pertencer a um país, a um passado que se constrói a cada instante e não deixa espaço para mais nada. Depois, sem dúvida, tudo isto terá afectado também o meu organismo, a minha vitalidade. E, sem que o saiba, Oliveira Martins contribuiu mais para esta morte que sou hoje do que a mediocridade vigente. Foi ele quem nos devolveu o passado, quem nos vedou a possibilidade de desculpar este estado de coisas. A sua *História de Portugal* traça um intransponível abismo para os que partilham com ele o tempo e o país. Um grande homem e uma grande obra destroem grande parte do que somos, ainda que possa, e fá-lo seguramente, originar um futuro. E eu fui cúmplice desta minha própria morte. Assisti e encorajei *pari passu* o seu crime.

10 de Julho de 1891

Um homem morre dentro de nós quando enfrentamos a vergonha de uma injustiça cometida contra ele. E, com essa morte, avançamos para a desistência. Só o reconhecimento da injustiça praticada nos ajuda contra a vida. Faz-nos ficar mais sós, mais conscientes do infinito de punição que habita a História. Os homens não morrem, porque depois de um vem sempre outro, mas matam-se lentamente por falta de justiça.

11 de Julho de 1891

Como posso querer aspirar a uma verdadeira vida moral se não tenho sequer um ínfimo domínio sobre mim? Não tenho sequer resquícios de vontade, mas ímpetos que, com o passar dos anos, vêm sendo cada vez mais raros. E são inúmeras as vezes que ao escrever uma carta começo por desculpar-me do meu longo silêncio devido a esta incapacidade de me obrigar a seguir aquilo que deveria fazer. Mas, e o mais grave, como pude até agora nunca ver isto como um verdadeiro impedimento moral? Não fará isto de todos os meus discursos e aspirações morais uma pura retórica? É evidente que sim. Como pode um homem moral deixar que a Natureza o vença. Uma doença ou nos deixa incapazes ou então não pode ser desculpa para não se fazer aquilo que deveríamos fazer. É certo que não é o facto de não erigir uma grande obra como a de Oliveira Martins que faz de mim um homem imoral. Um homem moral não necessita de uma obra para além dos actos que pratica. Mas desculpar-me com uma doença por não conseguir fazer a obra que ambicionava, isso já é diferente. A minha obra poética nunca dependeu de mim. Uma obra poética nunca depende inteiramente de um homem. Por muito que se saiba dos instrumentos da poesia, ela depende muito pouco da vontade, ainda que se queira e se consiga vincular um discurso elevado nessa poesia. Um poema sai como se espreme um furúnculo, um furúnculo moral que tem de ser tratado, que causa dor mas também alguma satisfação, já que se elimina algo que está mal. E este mal moral aliviado é o corpo do poema. Moral é trabalho, que em sentido intelectual quer dizer filosofia e ciência. É todos os dias avançar, ainda que morosamente, e seguramente com muito esforço. Mesmo a obra de Eça de Queirós não se encontra nesta categoria. Não que isso ponha em causa a moralidade do homem, apenas que essa moralidade não encontra qualquer visibilidade na sua obra. A sua obra é parente próximo da poesia, não do trabalho. A minha moralidade tem de ser avaliada por inteiro nos meus actos, não nos meus discursos, nas minhas palavras. E, independentemente de não ter regido a minha vida pelo prazer, que bem fiz para além de ir morrendo como posso? E que fiz para contrariar esta vida entregue à consciência da morte e à prisão de uma vontade inexistente? No fundo, vivi apenas para mim e para as minhas dores. Se tiver ainda coragem para educar aquelas pobres crianças que dentro de dias chegam a esta ilha, e cuidar de minha irmã, formar uma família, enfim, gastar-me no tempo delas e não apenas prover o dinheiro com ausência, então a minha vida não será em vão. Mas, se não conseguir fazê-lo, como posso continuar a viver com esta consciência de uma retórica moral?

12 de Julho de 1891

Talvez também haja moral em contribuir para a sobrevivência de uma língua. As línguas grega clássica e latina pereceram, ainda que tenham continuado a ser estudadas para além de as culturas que as originaram terem sido sepultadas. Porque aqueles que pensaram e escreveram nessas línguas erigiram valiosas obras onde inscreveram elevados valores. Mas, por outro lado, se essas mesmas línguas acabaram por desaparecer na fala dos homens foi porque foram sendo cada vez mais usadas pobremente, até que já não fazia sentido usá-las enquanto expressão de troca, ficando então reservadas aos estudiosos, que lhes acediam em todas as suas riquezas. O português não está a salvo de que isso lhe venha a acontecer. Com a agravante de termos apenas uma meia dúzia de obras de valor, que talvez não seja suficiente para alguém no futuro se empenhar no seu estudo. Sim, perante a pergunta "O que fez a nossa língua?", que poderemos responder?... Uma língua desvaloriza-se por duas razões: por um lado, a decrepitude educacional do povo que a utiliza; por outro lado, a ignorância da mesma por parte daqueles que a promovem — e, nestes, encontramos os escritores e os jornalistas. O que diz bem do futuro que podemos esperar para o português. Uma vez mais, aqui vejo apenas três homens lutando contra o estado de coisas em que nos encontramos: João de Deus, Oliveira Martins e Eça de Queirós. A minha contribuição foi sempre menor. Muito cedo desisti deste país e, de certo modo, da minha língua. Um cento de sonetos e um texto acerca da decadência dos povos peninsulares não é seguramente um décimo daquilo que poderia ter feito. Todos estes pensamentos podem muito bem ter origem no estado de desolação em que me encontro, mas o certo é que não vejo a minha vida à altura das expectativas que antevi ou da vida daqueles que me rodeiam. A moral em mim são palavras. E palavras sem a forma de uma obra.

13 de Julho de 1891

Ninguém. Ninguém à minha volta. Ninguém dentro de mim. E o vício de estar vivo permanece, mesmo contra a solidão, mesmo contra a evidência da solidão. Mais do que fazer o que quer que seja, o vício é ser, resistir no tempo que passa, quando se sabe que passa para nada. Mas vai-se ficando como se esperássemos que ele passasse para alguma coisa. Ficar para quê? Para mais um soneto, para mais uma carta? Ou, como para tantos, para mais um prazer, para mais um lucro, para mais um filho? Nada cala o labirinto que somos. Ainda que se possa querer fazer de tudo uma ilusão para calá-lo. Se Deus não nos receber, toda e qualquer vida é nada, se nos receber é tudo. Mas como é que é possível acreditar no tudo? Como é que se pode acreditar em Deus? É estar deposto no vício da justificação. É este desejar Deus que nos mostra que todo o vício é uma justificação para nada. Viver é justificar-se do nada. A grandiosidade do vício está em fazer de nós animais justificativos.

14 de Julho de 1891

O amor e uma enorme clareira de ódio. Um dia e o resto da vida. Nesta ilha não se pode fazer mais nada senão morrer ou procriar, que é muito pior do que morrer: é fazer nascer a morte.

15 de Julho de 1891

Escreve-se e assume-se a punição da própria linguagem. Punição, porque todo o acto de escrita — se entendido enquanto não entretenimento — concede um ganho de consciência acerca da inutilidade da linguagem perante uma presumível acção no mundo. E alargar a consciência é diminuir a ilusão dessa presumível e falsa acção. Esta é a razão pela qual a escrita é um tremendo espinho na carne da consciência. Por um lado, reconhece-se como inútil, porque se trata somente de linguagem e não de acção; por outro lado, transforma a sua inutilidade em um ganho de consciência que, já por si, é ser contra a retórica (a ilusão de que a linguagem tem algum poder sobre o mundo). Mas como a escrita só se pode revelar através de um artifício — quer se trate de um poema ou de um romance —, então ela é já na sua génese retórica. Retórica contra si mesma. A escrita reconhece-se enquanto autoflagelação da linguagem, isto é, enquanto reconhecimento da sua própria impotência, que é a nossa. Porque não se pode ser senão linguagem, diminuindo ou alargando a consciência: retórica ou retórica contra si mesma. Perante tal evidência, é chegado o momento de se sufocar a voz poética ou *romanesca* que por algum tempo carregamos. Pois, por mais que se queira teimar na linguagem enquanto retórica contra si mesma, nessa hora já nada resta senão retórica. Um poeta ou um romancista são impérios que se desmoronam na impiedade dos seus próprios vícios.

16 de Julho de 1891

O espinho da escrita. A miséria humana exposta sem quaisquer ilusões à sua consciência. Entre escrever e viver abre-se, então, um abismo intransponível. Há que recusar escrever para viver. Mas será, viver, uma existência apartada da consciência da sua condição? A linguagem é uma coisa triste, o homem. Ainda que se escreva para entristecer mais, sempre mais, não se pode esconder um fio de contentamento nessa tristeza. O contentamento de trazer à superfície da linguagem outras mais humilhações para ela. Não se trata apenas de uma presumível natureza masoquista do escritor. É a natureza masoquista da linguagem, que alcança prazer na sua própria humilhação. Já que não pode ser facto, não pode ser acção, não pode ser mundo, então que retire o máximo deleite dessa sua condição. Por vezes, penso que Portugal, hoje, é a personificação da linguagem.

17 de Julho de 1891

A genialidade do Eça, que toca a universalidade da miséria humana, a universalidade da linguagem, também deve alguma coisa a esta intuição de fazer de Portugal a personificação da própria linguagem. De fazer, não; de compreender, de mostrar. Ele intuiu muito bem que Portugal não é mundo. E, aqui, ele vai mais longe do que o Oliveira Martins, que também chega a reconhecer intuitivamente essa verdade, mas, depois, tende a recusá-la. Talvez não o escritor, mas o homem. Só assim encontro explicação para a sua actividade política num país de linguagem. Porque, no fundo, a sua *História de Portugal* não é muito distinta de *O Primo Basílio*. Mas quão diferentes são os homens que escreveram esses monumentos! Uma embaixada é o mandatário da linguagem no mundo, o reconhecimento de que não há mundo, e tão contrária à actividade política que, como uma criança, teima em não aceitar que a linguagem não tem lugar no mundo.

19 de Julho de 1891

Um barco de quinze em quinze dias, rumo ao continente, não permite grandes comunicações. E, como me tem sido cada vez mais oneroso manter uma constância epistolar, esta fala duas vezes ao mês acaba por ser uma bênção. Não tenho muito o que dizer e sinto-me cada vez menos português. Nestes últimos dias, tenho entristecido muito com a lembrança de que poderíamos ser uma unidade peninsular e não uma ilha entre o Atlântico e França. E a língua portuguesa é apenas o lado tímido da língua castelhana, ou, se se preferir, esta última é o lado extrovertido da primeira. As línguas separaram-se, separam-se por orgulho dos homens. O que revela a tradução enquanto um acto penitente.

20 de Julho de 1891

Será que sinto falta de mim ou, pelo contrário, falta daquilo que me punha mais distante de mim próprio? Coimbra e Vila do Conde, de modos distintos, foram momentos da minha vida em que consegui alguma satisfação. No primeiro caso, ilusão e esperança, juventude, em suma; no segundo, distracção, como se se tratasse de uma pausa na vida. A ilusão e a esperança, senão em demasia, permitem a vida, fazem continuar, mas se exageradas, como no meu caso de então, cedo ou tarde produzem uma colisão com a própria vida. E a distracção, é evidente, tem prazo. E quanto mais tempo aí permanecemos, pior depois, quando necessitamos de regressar a nós próprios. Coimbra, a revolução. Vila do Conde, a fuga. Entre estes dois exageros está a vida. Está o diabo, para quem se entrega tão violentamente ao além e ao aquém do que acontece. Vejo claramente o quanto esta ilha é o meu derradeiro combate com a besta.

21 de Julho de 1891

Quanta a diferença quando comparo a minha vida à de Oliveira Martins! Pus a minha existência acima de tudo, ele pôs o seu génio ao serviço de uma comunidade, ainda que eu julgue que seja uma comunidade irrecuperável. Talvez até pensar isto seja já o que separa as nossas vidas. O bem tem sido sempre um desejo na minha vida. Mas será que realmente depende de nós mesmos decidir pela moral ou, ainda que não seja o seu contrário, uma outra qualquer via? Será que essa decisão nos cabe realmente? Querer ser o que se não pode, pode matar.

20 de Julho de 1891

Por vezes, pela manhã, quase sem dormir ou sem ter mesmo dormido, como hoje, o azul inaugural do Atlântico diz-me que sossegue, que acalme em mim as dúvidas e as dores desnecessárias, que avance, que construa e não pergunte por nada, que receba a minha irmã e as raparigas e uma vida de patriarca, do mesmo modo que esta ilha recebe o oceano. Por vezes, são as impressões que recebo do exterior que estão contra a minha própria existência, como se não fossem a minhã própria existência. Por vezes, sinto que durante toda a minha vida estive contra mim, como a luz do Atlântico pela manhã, que me cega e me impede de deixar de vê-lo. Por vezes, quero uma família e não consigo, quero um país e não tenho, não tenho sequer vontade de tê-lo. Por vezes, quero uma filosofia e não tenho perguntas suficientes para isso. Por vezes, sim, por vezes, resta-me um soneto, que me faz sofrer por ser apenas um soneto e não o que quero. E há ainda quem espere de mim uma filosofia! Há quem espere de mim aquilo que também eu já esperei de mim mesmo. E, agora, esta expectativa no coração de um amigo é mais uma morte que tenho de enfrentar. E tenho de enfrentar em segredo a minha incapacidade de trabalho. Este segredo é outra morte. E outra morte é também as palavras que uso para esconder dos amigos a minha falta de coragem de dizer de vez: amigos, eu sou isto, apenas isto, um poeta, um homem de sonetos, e basta de esperarem o que nunca virá. Mas não, ainda o ano passado me vi a dizer ao Eça, quando lhe enviei o artigo *Tendências Gerais da Filosofia no Século XIX* para ser publicado na *Revista de Portugal*, que aí não iria a minha filosofia, aquela que ele sabe que eu tenho, mas somente a que então pude escrever. Mas como é que se pode ter uma filosofia que se não pode explicitar? Será agora a filosofia uma espécie de esoterismo? O problema é que, num país sem filosofia alguma, ter estudado filosofia é por si só razão suficiente para se ser filósofo. Estudar filosofia é apenas um princípio, que pode muito bem não ser de coisa alguma. Pode até ser o princípio de um longo sofrimento ou de um enorme diletantismo. Talvez a filosofia só se torne apaziguamento ou sabedoria num sistema. Digo talvez, porque nunca irei saber realmente se assim é. E, entre estes dois pólos, início do estudo e sistema, há, no melhor dos casos, a luta que um homem trava diariamente para vencer a sua morte, aceitando-a ou vislumbrando a imortalidade. E o resto é conversa de salão e política à portuguesa, se é que há outra. E não terá sido por incapacidade de erigir uma filosofia que coloquei a virtude como aspiração máxima do humano? Não terei encontrado a virtude por defeito? De qualquer modo, vejo hoje que estou tão perto e tão longe da virtude como da filosofia. No fundo, sou um homem de aspiração. E a aspiração, quando não acompanhada de verdadeiro esforço, não passa de sentimento adolescente. O que me falta é coerência. Preciso de renunciar, antes de mais, ao vício que habita as palavras. Sem isto, não há renúncia alguma. Não me parece que se possa encontrar o bem numa palavra. Pelo menos, numa palavra escrita. Tudo o que se escreve não visa o bem, mas outra coisa. E se, ao ler, por alguma escusa razão nos sentimos bem, ainda assim é outra coisa, como o Atlântico que entra por mim adentro e é apenas um sentimento, outra coisa.

23 de Julho de 1891

Nada funciona bem no meu cérebro, cá dentro, alhures onde digo "eu" e onde sinto cada vez mais uma infinita distância em relação aos outros. Já não consigo sequer tolerar essas vozes, com as suas palavras que me parecem não ter sentido algum. Este cérebro que funciona apenas para se apartar dos demais e que sonha com moral sou eu, ou, pelo menos, parte desse eu. É triste não conseguir mais nada senão as mesmas questões, os mesmos lamentos, a lonjura do que se quis, do que se quer, a lonjura, até, do pensamento. É triste saber que podia ter sido outro e ser isto. Mas, por mais que tente, não consigo ver-me livre de mim. E onde está a liberdade? Onde está a possibilidade? Em que momento cheguei realmente a decidir? Onde está esse "eu"? E tudo isto interessa tanto aos outros quanto os outros me interessam a mim. Talvez continuem a ler o que escrevi, os meus sonetos, pelos tempos fora, o que só prolongará a dor na minha alma, se a houver para além de tudo. De cada vez que alguém tocar num soneto meu será como se me apontasse toda a vida que não consegui. E, apesar de tudo, não consigo dizer que não prefiro que seja assim. É, realmente, muito triste. Mesmo na miséria há vaidade. O vício parece querer exercer o seu poder, mesmo para além de tudo. Talvez vício e história sejam o mesmo.

24 de Julho de 1891

A minha gentinha chegou hoje. Veremos então agora de que têmpera sou feito. Veremos até onde serei capaz de rejeitar as palavras. Veremos se tenho forças para começar aqui a minha história.

27 de Julho de 1891

Para já ainda não me é possível partilhar a mesma casa com a minha *família*. Estou hospedado em casa de um amigo. Sinto que o quotidiano me enjoa tanto quanto o realismo. Aguardo forças para assumir a responsabilidade de conduzir as nossas vidas.

28 de Julho de 1891

A preocupação instala-se-me. Minha irmã e as pequenas são mundos separados. Os nervos dela não lhe permitem suportar a irrequietude natural da infância, e esta fase da vida necessita de complacência à sua volta. Por outro lado, sinto-me com mais forças para abandonar este mundo de palavras.

31 de Julho de 1891

Ontem, voltei a importunar com mesquinhices o meu amigo Oliveira Martins. Não pude evitar pedir-lhe que se ocupasse de um assunto de partilhas pendente em Lisboa, coisa insignificante, mas, ainda assim, julguei suficiente para roubar tempo a esse homem, que todo o tempo que tem o reparte com os outros. E eu aqui continuo com o tempo todo em volta de mim, esforçando--me por conseguir reparti-lo com as pequenas e minha irmã. Esta terra põe-me mais só do que nunca. Não é o oceano à volta, é reconhecer cada vez mais nitidamente a impossibilidade de deixar de ser o que sou, o que sempre fui. É a responsabilidade do outro que quero ser a apertar-me contra a morte. É a angústia, é o vício a exercer pressão contra a evidência de não haver lugar para continuar ou tempo adiante. São as palavras, que não servem de nada, a dominarem toda a minha vontade. É a tristeza, é deixar de acreditar. É o meu ser a desfazer-se irrecuperavelmente pelas minhas insónias. É a vida, dia a dia, com a morte mais pesada às costas. É o mundo. É o Antero de Quental. É ter nascido e saber disso, e ter consciência como uma dúvida. É ver um infinito que me esmaga, e vê-lo tão claramente como se eu fosse a própria sombra desse esmagamento.

11 de Agosto de 1891

Isto vai melhor. Estou convicto de que os dias de tormento já passaram. As palavras são cada vez menos. Começo finalmente a adaptar-me à vida da ilha, à vida de família que decidi ter. A casa está quase pronta. Um destes dias passaremos finalmente a viver todos juntos. E, então, com as pequenas junto de mim, julgo que os dias de paz de Vila do Conde regressarão. Ámen.

17 de Agosto de 1891

Que seria da minha vida sem a morte continuamente à minha volta, dentro de mim, sem a consciência dela? Por certo, sem palavras. E talvez fosse melhor. Mas o melhor aqui infere-se apenas por redução ao absurdo daquilo que sou. Alguém que no início da sua consciência desejou ser o que é e agora deseja acabar precisamente com isso que é, continuando a viver. Mas será que é possível ter duas vidas no tempo de uma? E se fosse a outra vida que quero ser, não me queixaria de não ser aquele que sou? Nunca o poderei saber. E não é de erguer, em pânico, os braços por tamanha e intransponível ignorância? Não pode dar descanso a nenhuma alma saber que o que se sabe tem implicações directas com o que não se sabe. Como me sinto agora perto da Luísa de *O Primo Basílio*, meu Eça! Também eu tenho agora o que desejei e sofro, não por tê-lo desejado, mas por tê-lo alcançado. Sofro por não ser antes do desejo satisfeito. E quão amargo é o sofrimento depois da satisfação. Mas também há compensação: reconhecer que se não é a Justina. Antes a perdição do que a ambição de poder.

18 de Agosto de 1891

E ainda há quem pense que a morte é algo que há-de chegar, que nos há-de vir a acontecer. Como se a morte fosse um dia mais tarde. Não sei se hei-de ter pena dessa gente ou invejá--la. No fundo, é a pergunta que sempre me acompanhou, querer saber se a vida comporta o desejo de saber. A filosofia é um bem ou um mal? Bem e mal, aqui, têm um sentido estritamente pragmático. Podia perguntar de outro modo, a filosofia ajuda ou embaraça a vida? Não será a filosofia uma doença específica, que se pode reconhecer pelo sintoma de perguntar pelo sentido da própria vida? E não será a poesia uma doença do mesmo tipo, com a agravante de não aceitar sequer a responsabilidade da pergunta? Pois, a poesia é sempre uma pergunta que aparece como se realmente não perguntasse. Quando termino o soneto com o verso: "Morte, irmã coeterna da minha alma!", expresso uma evidência íntima, que é, sem dúvida alguma, a mais temível das perguntas, é não poder saber se é realmente assim, mas não ter outro modo de ver, pelo menos no momento em que se está a ver. Nem todas as perguntas terminam com ponto de interrogação. A poesia é uma pergunta acerca do sentido da vida sem *terminus ad quem*. Evidentemente, o poema tem uma forma específica, para além da pergunta que encerra em si. E, se for um poeta português, para além do indispensável uso da métrica, tem de usar pelo menos o nome de uma flor, ou a própria palavra generalista, e meia dúzia de palavras ininteligíveis, sendo preferível que essas palavras se encontrem juntas e formem um ou dois versos. Uma flor abrilhanta sempre um poema e o que se não compreende dá um ar de erudição e de filosofia indispensáveis à elevação de qualquer energúmeno.

Não fosse Portugal um país de poetas! E de onde vem este pensar contra tudo e contra todos? Será resultado de uma actividade intelectual profunda, que me faz ver o estado das coisas como irremediavelmente sem esperança e, então, bem se pode lastimar que não haja outros mais que pensem assim, ou, pelo contrário, trata-se tão-somente de uma espécie de doença como a lepra, que me faz apartar dos outros, ou, ainda, uma incapacidade como a cegueira, que me condena a uma escuridão infinita? Sim, o que significa ser contra os demais? Conseguir-se-á encontrar uma única prova que não seja duvidosa? E o que é que legitima uma existência que a efectiva a proferir palavras contra todas, ou quase todas, as outras existências? E, a culpa que sinto, será um bom ou um mau sinal? Não será a culpa, simultaneamente, sinal da minha doença e do desejo de me tratar? Digo desejo e não vontade, porque, no fundo, faço pouco ou nada para irradicar de mim a doença. Não restam dúvidas, tenho de mudar a minha vida! Deus assim o queira, que o queira mais do que eu.

19 de Agosto de 1891

Isto está mau. Começo a não perceber sequer aquilo que digo. A diferença para com tudo o que se passa à minha volta é tão grande que começo a duvidar da minha própria existência. A duvidar se este contínuo estado de sentimento de culpa seja viver.

Culpa de não ter vivido. De ter sido egoísta. De não ter contemplado o sofrimento que causava aos outros ficar encerrado em mim, nos problemas que me atormentavam. De não ter feito nada para contrariar tudo isso. Quanto ao projecto de mudar de vida, talvez só com a morte. Com a vida e com os vivos não posso mudar nada na minha vida. Isto está mau, e não parece ter volta. Não parece fazer sentido.

21 de Agosto de 1891

Preciso de regressar ao Eça. Ler, apesar de tudo, condiciona o pensar. Põe alguma ordem nesta consciência. Não é um refúgio, é uma bússola. As malditas palavras. Se, por um lado, me fazem perder, por outro, também me concedem alguma orientação. Não são palavras numa boca, são palavras silenciosas. Palavras escritas, palavras pensadas. Na boca as palavras são naturais. Sons que dizem pedras, que dizem mar, que dizem peixe, vinho, que dizem senta-te, que dizem espera, que agradecem, que desdenham. Sem som, as palavras criam tempestades ou orientam-nos nelas. Agride-se a natureza. Há uma guerra imensa entre o som e a sua ausência. Precisamos de ter a coragem do Eça, que já no fim do livro se põe a bramar, pela voz do Paula:

"*Sabem o que isto é? Sabem o que tudo isto é? — Fazia um gesto que abrangia todo o universo. Fitou-as de modo irado [às vizinhas) e rosnou esta palavra suprema: — Um monte de estrume!"*

O meu amigo brama tudo isto, e continua. Não sei se devemos admirar mais o escritor ou o homem.

30 de Agosto de 1891

"Sentia então como um alívio doloroso, em ver o fim do seu longo martírio! Havia meses que ele durava. E pensando em tudo o que tinha feito e que tinha sofrido, as infâmias em que chafurdava e as humilhações a que descera, vinha-lhe um tédio de si mesma, um tédio da vida. (...) — Oh que estúpida que é a vida! Ainda bem que a deixava!"

Como pode o meu querido Eça dizer tudo isto? Seria eu que o deveria dizer, não ele. Como sabe ele tudo aquilo que escreve? De onde lhe vem tão claro conhecimento? Ou será que para escrevê-lo é necessário não senti-lo, apenas suspeitá-lo? Será a suspeita o caminho da literatura? Será que o sofrimento, para a literatura, para aquele que a faz, não passa de entrever aquilo que se passa em seu redor, sem que efectivamente o sinta, será ele uma espécie de visionário de misérias? A ser assim, e como todo o escritor não é senão aquilo que escreve, também não sou a Luísa, pelo menos não sou apenas a Luísa. Eu sou o Eça.

10 de Setembro de 1891

Já não restam dúvidas. Tudo o que o Eça escreve é apenas acerca de uma cidade e de um homem: Lisboa e Antero de Quental. Mesmo Leiria não é senão uma variável de Lisboa. Digo Lisboa, mas poderia dizer Portugal. Quanto ao Antero, é a vida, condenada a nada. É o vício, que o meu amigo trouxe à nossa consciência. É a impotência face ao que os dias fazem de nós. É a moral teórica, porque talvez não haja sequer outra. Os dias não permitem que a moral seja mais do que um momento do dia, como a hora do almoço. Ou talvez também haja homens que vivam apenas na hora do almoço. Talvez o Oliveira Martins seja um deles. Pelo menos é o mais próximo que conheci a fazer desse momento do dia todo o tempo dos dias. Evidentemente há ingenuidade bastante nessa vida, mas a sua vida permitiu que compreendesse a obra do Eça, que me compreendesse a mim mesmo. E, quando um homem se encontra face a face consigo mesmo, já não resta nada senão encontrar coragem para abandonar de vez o vício de resistir, de continuar vivo. Viver é um exercício de estar entretido. Carregar a morte em si para todo o lado que vá e, ao mesmo tempo, carregar a esperança de que amanhã, de que na hora seguinte essa morte desapareça. O sol ilumina agora as paredes da casa pela última vez. Pela última vez em toda a minha vida. A última vez. Quantas vezes, ao longo de uma vida, não dizemos essa frase — pela última vez — sem que queira realmente significar nada. Será que alguma vez usamos uma frase que queira realmente dizer alguma coisa? Seria talvez preciso não viver depois dela. Assim, faça-se aquilo que se fizer, não passamos de maiores ou menores aldrabões. Acerca de nós, acerca do mundo, acerca dos outros, acerca das palavras e da importância delas.

Mesmo a filosofia — a filosofia — não é mais do que a ilusão de se poder alcançar o sentido da nossa existência. Uma aldrabice menor? E a poesia — a poesia — é a ilusão de que a exposição das misérias humanas nos salva de alguma coisa. Uma aldrabice maior? E a ciência, essa, coitada, quer compreender tudo. Não é sequer uma aldrabice, é uma ingenuidade como a moral. A religião é um sistema fechado de entretenimento, precisamos de um pré-requisito para lá entrarmos, precisamos de fé, que, já por si, se sabe o que é. Saber que são estas, as próximas, as últimas horas em que ouvirei a voz humana, apazigua. Serão as únicas horas de paz de toda a minha vida. Não mais queixumes. Não mais projectos. Não mais poemas, teorias, tratados, esperanças.

E, depois, não mais senão o verdadeiro infinito nada. O infinito nada que carregamos ao longo de uma vida, a sofrê-lo ou a esquecê-lo. E, quem cá fica, que se entenda, ou não. Já que não pude livrar-me da morte, vou livrar-me da vida.

*Na palavra abysmo, é a forma do y
que lhe dá profundidade, escuridão, mistério…
Escrevê-la com i latino é fechar a boca do abysmo,
é transformá-lo numa superfície banal.*

Teixeira de Pascoaes

Este livro foi composto em Fairfield LT Std no papel Pólen Soft para a Editora Moinhos enquanto *In A Sentimental Mood*, tocada sob o sol da Terra da Luz, por John Coltrane.

*

O Brasil ultrapassava os 70% da vacinação contra o covid para a primeira dose, e os 45% para a segunda dose. A inflação batia recorde e a população brasileira tinha seu poder aquisitivo diminuído como 30 anos atrás.